암
자
로 가는
길

암자로 가는 길

정찬주 글

열림원

삽화 | 송영방

동양화가. 서울대학교 동양화과를 졸업하고 동국대학교 예술대학장을 역임했다. 현재 동국대학교 명예교수.

암자로 가는 길

초판 1쇄 발행 2004년 9월 13일
초판 12쇄 발행 2018년 7월 20일

지은이 정찬주
사 진 김홍희
펴낸이 정중모
펴낸곳 도서출판 열림원

출판등록 1980년 5월 19일(제406-2000-000204호)
주소 경기도 파주시 회동길 152
전화 031-955-0700 | 팩스 031-955-0661~2
홈페이지 www.yolimwon.com | 이메일 editor@yolimwon.com

ISBN 978-89-7063-434-0 03810
      978-89-7063-954-3 (세트)

남을 사랑하여 한몸이 된다는 것은
내게 주어진 한 생을 뛰어 넘는다는 것.
한 그루 소나무가 숲이 되어 영원한 생이 되듯.

재출간에 붙여

　수년 전에 발간한 《암자로 가는 길》은 나의 대표작이다. 대부분의 사람들 역시 장편소설 《산은 산 물은 물》과 암자 기행 산문집 《암자로 가는 길》을 먼저 떠올리며 나의 작품을 이야기한다. 십여 권의 책을 발간한 바 있지만 나도 주저하지 않고 두 책을 자천하곤 하고, 아직도 두 책은 독자들의 변함없는 사랑을 받고 있으니 작가로서 행복한 일이다.

　출판사를 옮기어 《암자로 가는 길》을 다시 발간하는 이유도 거기에 있다. 그동안 불가피한 사정이 생기어 수년 전에 발간한 구판을 절판시켰는데도 산중의 맑은 수행자들이나 일반 독자들이 책의 안부를 내게 종종 물어 오곤 했던 것이다.

　이번의 개정판은 내용의 첨삭에다 사진작가 김홍희 씨가 신심을 내어 암자의 풍경을 십수 군데 다시 찍고, 출판사 편집부에서는 그동안 달라진 암자 사정이나 전화번호 등을 바르게 고쳐 내게 되었다. 물론 판형이나 본문의 편집을 예전과 달리 완전히 새롭게 한 것도 고마운 일이다. 이 정도의 정성이면 개정판을 내는 명분이 충분하지 않을까 싶다.

　언젠가 법정 스님께서 어느 중앙일간지에 과분하게도 《암자로 가는 길》을 추천해 주시어 얼마나 보람이 컸는지 모른다. 또한 작년 여름 조계산의 불일암에 들렀을 때 법정 스님께서 한 젊은 스님을 부르더니 《암자로 가는 길》을 읽고 출가했다며 그 스님을 나에게 소개시켜 주던 일도 잊혀지지 않는다. 류시화 시인의 남다른 애정이 개정판을 내는 데 힘이 되어 주었다는 것도 이 지면을 빌려 밝힌다. 새 옷을 입혀 준 출판사 편집부 여러분과 사진작가 김홍희 씨에게도 감사를 드린다.

2004년 여름날 남도 산중 이불재에서

　암자를 찾아 설악산을 오르고 동서남 해안을 돌기 시작한 것은 지지난해 늦가을 하얀 작설차꽃이 피던 때의 일이었다. 세월은 강물처럼 흘러오기도 하고 바람처럼 사라져 가기도 하는 것인가. 그러께인 그때, 나는 중앙일보에 '암자로 가는 길'을 매주 1회씩 1년 동안 연재하기로 했었는데, 당시 담당기자에게 이렇게 말했던 것으로 기억난다.

　'암자庵子란 수행자들이 머물다 가는 거처이자 구도 정신의 본향本鄕 같은 곳이다. 또한 대개의 명승지들이 관광지로 탈바꿈하여 세속화되고 있는 요즘 그래도 깊은 산중의 암자만은 청정 공간으로 남아 있다. 연재하는 것은 옹달샘 같은 암자만의 정취에 함께 젖어 보면서 복잡한 일상과 소음에 시달리고 있는 우리들의 눈과 귀를 맑혀 보자는 데에 있다. 역사적으로 고승의 숨결이 서린 암자, 문화재로서 감동을 주는 암자, 큰스님이 은거하고 있는 암자, 풍광이 빼어난 암자 등을 번갈아 가며 소개할 것이다.'

　말하자면 첫 마음을 담당기자에게 밝힌 것인데, 불가에서는 그것을 초발심初發心이라고 하는 모양이다. 물론 암자를 찾는 여정이 간단한 것만은 아니었다. 설악산 봉정암을 오르면서는 다섯 시간에 걸쳐 비와 우박과 한기에 시달렸었고, 찾는 암자를 지척에 두고도 산속을 헤맸던 적이 한두 번이 아니었던 것이다.

　더구나 나는 회사원의 신분이었으므로 내게 허락된 짧은 시간에 쫓길 수밖에 없었는데, 매번 토요일 새벽에 출발하여 일요일 밤늦게 서울로 돌아오는 1박 2일의 강행군이 대부분이었던 것이다.

그러나 나는 지난 1년 수개월 동안을 내 인생에 있어 가장 행복했던 시간이라고 감히 말할 수 있을 것 같다. 나에게 법명法名과 계戒를 내려 주신 법정 스님의 불일암에서부터 이천의 영월암에 이르기까지 52군데의 암자를 어느 생에 다시 돌아볼 수 있을 것인가. 생의 기쁨이자 맑은 행복이었다고 느껴진다. 산벚꽃이 만개한 설악산 오세암에서는 다람쥐가 내 손에 올라왔다가는 헤어지는 것이 아쉬운 듯 한동안 나를 따라오기도 했고, 한강의 발원지가 있는 오대산 염불암의 너와집을 보고는 무소유가 무엇인지 알 수 있었음이다. 또, 눈 속에 파묻힌 천장암에서는 경허 스님의 어머니처럼 생긴 공양주보살님에게서 고슬고슬한 밥을 공양받았고, 가을이 깊어 가는 가야산 백련암에서는 성철 스님이 남기신 '삼천배'의 뜻을 한 노인을 통해 깨달았던 것도 빼놓을 수 없고. 그리고 소나기와 햇살이 쏟아지는 지리산 상무주에서는 스님이 법문 대신에 건네주는 햇감자와 묵은 감자 맛을 알았으며, 내소사 지장암에서는 염주를 목에 건 개를 보고 '개에게도 불성佛性이 있다'는 선가의 한 구절을 떠올렸던 것이다.

뿐만 아니라 내 마음의 고향인 쌍봉사 다성암에서는 암자를 돌아다니며 숱하게 들었던 '지심귀명례(至心歸命禮: 지극한 마음으로 귀의합니다)'라는 염불 구절을 극락전 뜨락에 한 잎 두 잎 떨어지는 낙엽을 보고, 또 청냉한 공기에 더욱 파래지는 배춧잎들을 보고는 '바로 이거야!'하고 그 뜻을 비로소 가슴으로 받아들였음이다.

그동안 일반 여행 가이드와 달리 정신 문화 유적 순례나 구도求道의 여정 쪽으로 뜻을 같이해 준 독자와 선후배들에게 감사를 드린다. 사실 볼거리 먹거리를 찾아다닌답시고 암자에까지 세속의 냄새를 입에 묻히고 다니는 천박한 몰염치는 사라져야 하지 않을까. 암자는 마음이 허허로운 이들을 보듬어 주는 어머니 같은 자리이니까. 욕심과 번뇌의 속뜰을 맑히는, 비질 자국이 선명한 곳이기에 그렇다.

끝으로 삽화를 그려 주신 송영방 선생님과 암자를 함께 다니면서 우정이 깊어진 사진작가 김홍희 씨와 내 아내한테도 고마운 뜻을 적는다.

1997년 4월 무염無染 정 찬 주

차례

어미 갈대가 푸른 새끼 갈대에게
전라남도

우리 가난한 마음을 보듬어 주는 자리

강원도

한밤 시냇물은 반야를 노래하다

경상북도

마음의 초막 한 채를 세우고
경상남도

솔바람 소리에 귀를 맡기다
전라북도

둥근 바리때에 허공을 담고
충청남북도

열린 그대에게 가기 위하여

경기도

전라남도

어미 칼대가
푸른 새끼 갈대에게

귀의하고 싶은 존재가 어찌 사람뿐이랴.
바람이 불자 대숲의 대나무 잎들도
서걱서걱 '지심귀명례'를 외고 있고,
채마밭의 배추들도 찬 공기 속에서
더욱 푸르러진 빛깔로 '지심귀명례'하고 있음이다.
-본문 중에서

물 흐르고 꽃피는 자리

조계산 불일암

    불일암 佛日庵은 오래전에 법정 스님이 손수 조계산 자락에 지은 암자이다. 암자란 산새들의 둥지처럼 생긴 곳이라고나 할까. 수행자들이 잠시 머무는 곳인 암자에는 그들의 무소유 자국과 맑은 영혼이 배어 있다.

    불일암에 들어서 보면 먼저 나그네는 삶에 의문을 하나 던지지 않을 수 없다. 너무 많은 것을 소유하려 하는 탐욕스러워진 삶을 살아가고 있는 것 같아서다.

    불일암에는 생존을 위한 최소한의 것들밖에는 없다. 다실 겸용인 수류화개실水流花開室이라는 작은 선방 하나, 침실 겸 책 보는 공부방 하나, 부엌 하나, 화장실 하나, 목욕하는 대나무 움막 하나, 길손을 위한 객실 하나가 불일암이 소유한 전부이다. 그렇다고 스님이 가난한 것인가? 그건 아니다.

    스님은 누구보다도 많은 산중 가족들과 함께 살고 있다. 불일암 둘레에 사는 산짐승들은 모두 불일암 가족으로 등재되어 있다. 객실 옆의 오동나무에 사는 호반새는 스님이 휘파람을 불어 주면 응답을 해오고, 다람쥐는 스님의 낮잠이 길어지면 방문을 두들겨 깨워 주고, 장끼들은 마당에서 놀다가 먼 데서 손님이 오면 홰를 쳐준다.

스님의 가족들이 산짐승만 있는 것은 아니다. 우리가 정물이라고 부르는 무정물無情物들도 다 스님의 식구다. 추녀 끝에는 풍경이 두 개 걸려 있는데, 나그네는 언젠가 스님에게서 이런 얘기를 들은 적이 있다.

"저 고기 모양이 늘씬한 놈은 작은 바람의 대변자이고, 저 통통하게 생긴 놈은 태풍의 대변인이오."

잠을 자다가 일어나 풍경 소리만 듣고서도 어떤 바람이 지나가는지를 알 수 있단다. 마당에는 스님이 손수 참나무로 만든 의자가 하나 있다. 나그네는 스님이 거기에 앉아 계시는 것을 한 번도 본 적이 없다. 그래서 추측을 해본다. 산중 암자를 떠도는 고독을 위해 의자를 하나 만들어 놓은 게 아닌가 하고.

불일암에는 일주문이 없다. 그러나 어떤 시인은 불일암 오르는 길에 '아, 이것이 일주문이로군' 하고 감탄을 할지도 모르겠다. 오르는 길목에 빨래판만 한 꼬마 나무다리가 있는데, 그 주위에 산신령 수염 같은 갈대꽃이 장관을 이루고 있는 것이다. 그 갈대들이 불일암의 일주문이 아닐까 생각해 본다. 몇 년 전 초여름에 스님과 함께 걸으며 이런 얘기를 들은 것이 기억난다.

"저 누런 갈대는 작년에 자랐던 어미 갈대지요. 푸른 새끼 갈대가 다

산길 끝나는 곳에 암자가 있다

풍경 소리만 듣고서도 지금 어떤 바람이 스쳐 지나가는지 알 수 있다는 법정 스님의 불일암

의자는 산중을 떠도는 고독을 위해 비어 있고 암자는 입선 중

자랄 때까지 기다렸다가 쓰러지는 어미 갈대지요."

　이제 불일암에서는 스님을 뵐 수 없다. 강원도의 한 산촌에서, 그것도 화전민이 버리고 간 오두막에서 수행 중이시다. 그곳이 어디메 산골짜기인지 나그네도 궁금하다. 그러나 스님은 자신의 수행처가 밝혀지면 더 깊은 산으로 숨겠다고 어느 월간지에 이미 선언해 놓고 있는 터이다. 하긴 그 산골짜기도 역시 수류화개, 물이 흐르고 꽃이 피기는 마찬가지겠지. 나그네 자신도 남은 인생을 '물 흐르듯 꽃피듯' 살고 싶다.

불일암은 송광사 산내 암자이다. 송광사 입구를 들어가다 보면 왼편으로 내가 흐르고 돌에 'ㅂ'이라고 쓰인 이정표가 보인다. 그 방향으로 따라가다 두 갈래 길에서 역시 돌에 '×'가 표시된 이정표를 피해 올라가면 나온다.
송광사 종무소 061-755-0108

달도 보고, 차꽃도 보고
월출산 상견성암

영암의 명산인 월출산 깊은 계곡에는 암자들이 많다. 상견성암上見性庵도 그중의 하나이다. 사람들은 등산하듯 다리 운동을 하며 오른다. 그러나 암자를 찾아가면서 다리를 고생시키며 오르는 것은 잘못이다. 다리가 아니라 마음의 눈眼으로 올라가기를 바란다.

초등학교 1학년 1반 교실처럼 짹짹짹 재잘대는 새소리를 들으며 도갑사 뒷길을 조금 올라가면 부채를 반쯤만 편 모양의 특이한 정자亭子와 도선국사비의 눈이 부리부리한 돌거북과 마주치게 된다. 돌거북하고 잠깐 눈을 맞추고 나서 다시 십여 걸음 뗀 뒤, 왼편을 찬찬히 살펴보면 비밀통로 같은 길이 하나 보인다. 그 길이 바로 상견성암 가는 통로이다.

나무숲 터널을 지나 맨 먼저 눈을 사로잡는 것은 산죽山竹이다. 겨울에 눈이 오면 눈꽃을 얹고 오솔길로 드러눕는다는 키 작은 대나무들이다. 신라 하대(880)쯤 풍수에 달통했던 도선道詵이 도갑사를 창건했다고 하니 상견성암 역시 그때 터를 잡았으리라. 고려 왕조의 국사國師요, 생활 풍수 사상의 주창자였던 그가 다니던 길이어서 그런지 들어선 것만도 도를 닦는 느낌이다. 그때부터 차를 즐겨 마셨던 듯 오솔길 주변은 온통 야생의 차나무 일색이다. 더욱 놀랄 만한 일은 단풍이 이미 지고 있는 시기에 차꽃이 벙글고 있다는 점이다. 잎도 지고 꽃도 시든 깊어 가는 가을이 아닌가. 송홧가루 빛깔의 꽃수술에 눈처럼 흰색의 차 꽃잎들이 지는 단풍을 아쉬워하듯 다투어 피어나고 있다. 동백나무도 무리 지어 한겨울에 꽃피울 준비를 하고 있다. 도갑사의 한 스님 말대로 사시사철 꽃을 볼 수 있는 화원이 바로 이 산길이듯.

"춘란 꽃이 피는 봄도 좋지요. 저건 물푸레나무고요. 장군죽비를 만드는 나무인데 예전에는 물푸레나무 숯으로 승복에 먹물을 들였다고 합니다."

상견성암은 하루 종일 드러눕지 않고 수행하는 이른바 '장좌불와長坐不臥'를 전설처럼 했던 청화靑華 스님이 거처 간 곳으로 유명한 암자이다. 청화 스님이 상견성암에서 3년 간 단 한마디도 하지 않고 묵언默言을 했다는 것은 수행자들 사이에서 잘 알려진 사실. 청화 스님이 왜 말을 하지 않고도 나날이 미소 지을 수 있었는지 오솔길의 정취가 대신 답해 준다. 멀리 물결처럼 파랗게 보이는 대흥사의 두륜산 능선이나 암자 둘레의 바위 봉우리들이 연출하고 있는 절경도 나그네의 입을 다물어 버리게 하고.

청화 스님의 수행 흔적이 있고, 월출산의 달구경으로 유명한 상견성암

암자의 숨겨진 풍광은 뭐니뭐니 해도 달이 뜨는 비경이리라. 달맞이는 음력으로 보름날보다는 열이튿날이나 열사흗날이 더 좋다고 한다. 열이튿날이 되면 해가 진 뒤부터 바로 달을 볼 수 있지만 보름날에는 한 시간쯤 지난 뒤에 달을 볼 수 있기 때문이다.

도선국사비를 지나면 매표소가 나오고 다시 열 걸음 정도 가다 보면 왼쪽으로 한 사람이 겨우 다닐 수 있는 산길이 나온다. 그 산길을 타고 한 시간쯤 오르면 상견성암에 이른다.
도갑사 종무소 061-473-5122

지극한 마음으로 귀의합니다

사자산 다성암

　다성암茶性庵은 쌍봉사 경내에 있는 암자이다. 부근 오솔길에 자생하는 차나무처럼 맑은 성품을 지닌 가람이라 하여 그렇게 이름 붙여졌다고 한다.

　쌍봉사는 같은 화순군내에 있는 운주사의 유명세에 가려 모르는 이가 많지만 알고 보면 역사가 더 깊고 선풍禪風이 깃든 도량이다. 신라 구산 선문의 사자산문의 기초를 닦은, 중국 조주선사와 스승 남전선사 문하에서 선수행을 함께한 철감선사澈鑑禪師가 입적한 곳이며, 절 부근에는 한말 의병들이 훈련한 터가 있고, 조광조가 유배를 와서 사약을 받은 후 잠시 묻혔던 초분 터가 있다.

　경내에는 국보 제57호인 철감선사 부도와 보물 제170호인 탑비가 있는데, 그 아름다움은 외국에까지 소문이 나 십수 년 전까지만 해도 일본의 학자들이 매년 다녀갔을 정도. 조선 영조 원년에 지어진 3층목탑

차의 성품처럼 맑고 향기롭게 살라는 뜻의 다성암

형식의 대웅전도 빼어난 건축미를 자랑했는데, 몇 년 전 전소되어 다시 복원했으나 고색창연함이 사라진 게 아쉽다. 이런 국보와 보물들은 아름다움 이상의 종교적인 감동을 준다. 성보들에 훈습된 선인들의 곡진한 마음이 보는 이에게 그대로 전달되기 때문이다. 다성암에서 보는 쌍봉사 경내의 풍광도 마찬가지이다. 극락전에서 들려오는 '지심귀명례(至心歸命禮: 지극한 마음으로 귀의합니다)'를 외는 한 스님의 염불 소리에 나그네도 문득 누구에겐가 귀의하고 싶어진다.

귀의하고 싶은 존재가 어찌 사람뿐이랴. 다성암에서는 붉음을 다 토해 낸 단풍나무의 낙엽들도 뜨락에 떨어지면서 '지심귀명례' 하고 있다. 낙엽귀근落葉歸根이란 선가에 전해지는 말처럼 이제는 뿌리로 돌아가려 하고 있다. 바람이 불자 대숲의 대나무 잎들도 서걱서걱 '지심귀명례'를 외고 있고, 채마밭의 배추들도 찬 공기 속에서 더욱 푸르러진 빛깔로 '지심귀명례' 하고 있다.

중생이 무언지를 이 산골에 와서야 깨달았다는 다성암 암주이자 쌍봉사 주지를 지냈던 한 스님 이야기에서도 '지심귀명례'가 느껴진다.

"여기 와서야 시골 분들이 제 스승이라는 것을 느꼈지요. 이제는 경전도 외도에 빠지지 않을 만큼만 보려 합니다. 경전을 줄줄 왼다고 해서 본래의 순수한 불성이 드러나는 것은 아니니까요."

어느 날 조광조의 서원 터가 있는 마을로 산책 나갔는데, 낯익은 꼬부랑 할머니가 배추 포기를 머리에 이고 의병들 훈련 터가 있는 윗마을로 가더란다. 스님이 왜 힘들게 배추 포기를 이고 가느냐고 묻자, 올해

붉음을 다 토해 낸 단풍잎들도 뿌리로 돌아가려 하고 있다

현재 전해지고 있는 석조물 중에서 가장 아름다운 국보 제57호인 철감선사의 부도탑

는 무만 심은 동생이 생각나 목에 배추쌈이 넘어가지 않는다고 할머니가 대답하더란다.

"그때 절로 돌아와서 참회를 했지요. 큰절에 살 때는 보지 못했는데 불성, 사람의 본래 마음이 무언지를 똑똑히 보았으니까요."

스님은 면소재지로 볼일을 보러 나갔다가 돌아올 때마다 '버스를 탈까, 택시를 탈까' 망설이다가도 시골 촌로들이 생각나 버스를 타고 돌아왔다고 한다.

다성암. 차의 성품처럼 맑고 향기롭게 살라는 뜻의 암자명 같은데, 거기에다 운사雲沙 선생의 힘찬 편액 글씨가 암자를 다시 한 번 더 뒤돌아보게 하고 있다.

화순군 이양면 소재지에서 8킬로미터 정도 떨어져 있는데, 승용차로 암자 입구까지 갈 수 있다. 도로 포장이 잘 되어 있지만 찾는 사람이 적은 것은 다행한 일이 아닐 수 없다.
쌍봉사 종무소 061-372-3765

아름다운 산길도 모르면 고생길
무등산 규봉암

　무등산 하면 광주를 먼저 떠올리게 된다. 무등산의 규봉암圭峰庵도 광
주에 있는 줄로 착각하기 일쑤다. 길을 모르면 더 고생을 하는 게 당연
하다. 나그네도 장불재 어귀에서 간단한 검문을 거치고 난 후, 광주 쪽
에서만 규봉암을 찾다가 무등산 정상 부근까지 오르고 말았다.

　길을 잃으면 마음이 급한 만큼 걸음은 더 빨라지게 마련이다. 해발 1
천 미터를 넘어서자, 흰 구름 자락이 몸을 휘감는다. 평일인 데다 통제
구역 안이어서 등산객도 없다. 뒤늦게 길을 잘못 들었음을 깨닫고 다시
내려와 화순 쪽으로 난 등산로를 따라가는데, 이번에는 해발 1,017미터
라고 쓰인 입석대立石臺에 도달한다.

　사진에서만 보았던 절경의 입석대다. 길을 헤매고 있기는 하지만 관
람료를 내고 명품을 감상하듯 고생의 대가로 입석대를 보고 있다는 느
낌이다. 잠시 후 다시 장불재로 내려와 초설初雪이 덮인 것처럼 하얀 갈

물소리, 바람소리가 있고 바위와 나무가 조화를 이루고 있는 규봉암 가는 길

바위들이 병풍처럼 서 있는 무등산 입석대

대밭에 서서 보니 비로소 규봉암을 알리는 등산 안내판이 눈에 띈다.

장불재에서 규봉암까지는 1.8킬로미터. 산이기 때문에 평지의 세 배쯤 되는 먼 거리다. 화순군 쪽으로 난 산길을 이마에 땀이 밸 정도로 한참 내려가니 규봉암을 가리키는 빨간 화살표가 보이고 있다. 얼마나 반가웠던지 동행하는 후배가 화살표를 애인처럼 바라보며 사진을 찍고 있다.

사실, 장불재에서 규봉암 가는 산길처럼 아름다운 공간도 없을 것 같다. 무료한 산길이 아니라 물소리와 바람소리가 있고, 바위와 나무가 조화를 이루고 있다. 암자에 다다르니 무등산의 파수꾼처럼 느껴지는 한 스님의 자랑이 흥미롭다.

"무등산은 영산靈山입니다. 어디에서나 수행할 수 있도록 모든 곳에서 물이 나거든요. 그런가 하면 음양陰陽과 오행五行이 다 갖추어진, 말하자면 우주가 담겨 있는 산입니다."

이어서 1천3백 년 전에 의상대사가 창건했다는 규봉암의 역사까지 설명을 해준다. 이후 고려 때는 보조국사가 지리산 상무주에서 크게 깨닫고 내려와 조계산 수선사修禪社로 들어가기 전에 규봉암에 잠시 머물렀다는 얘기가 전해지고 있다. 뿐만 아니라 보조국사는 희종 4년(1208)에 수선사의 2세 사주社主 자리를 혜심(慧諶: 진각국사)에게 물려주고 규봉암에서 쉬려 했다고도 한다. 그만큼 보조국사가 규봉암을 좋아했다는 증거이다.

주위에는 삼존석三尊石과 십대十臺로 불리는 바위들이 병풍처럼 서 있는데, 암자는 마치 범종이 매달려 있는 형국이다. 그런 형국을 이른바 종괘형鐘掛型이라고 한단다. 암자 편액은 김생金生의 글씨로 전해 오다가 조선조에 들어 암자가 폐사되면서 사라져 버렸다고 한다. 현재의 관음전은 불사한 지가 얼마 안 된 법당이라서 그런지 수줍은 새악시 같은 모습이다.

나그네를 만나 반가운 벗처럼 얘기를 해주다가 스님은 예불 시간에 지각하고 만다. 그래서 오늘은 관음전 부처님께 염불은 생략하고 삼배만 올리고 나와야겠다며 허허 웃는다.

손님을 맞이하느라 늦었으니 부처님도 양해하실 것 같다는 표정이다. 당당하고 활발한 스님의 모습을 보니 무등산의 정기를 받은 화엄신장華嚴神將 같다. 무등산을 사랑하는 산사나이를 만나고 있다는 느낌이다.

원효사 쪽에서 장불재를 거쳐 산행을 해야 하는데 두 시간 정도 걸린다. 가는 도중 장불재에서 백마의 갈기처럼 펼쳐진 갈대밭에 눈길을 주는 것도 묘미가 있다.
규봉암 062-225-4538

한줌 흙도 그 자리에 두라

지리산 구층암

산이 높으면 계곡이 깊다는 말이 있다. 깊은 계곡에는 틀림없이 자연의 악센트 같은, 쉼표처럼 생긴 암자가 둥지를 틀고 있고⋯⋯. 의상義湘 대사가 신라 문무왕 10년(679)에 화엄사를 중수하고 나서 터를 잡았다는 구층암九層庵도 우뚝 솟은 지리산의 깊은 계곡 초입에 자리 잡고 있다.

구층암 가는 길의 첫 번째 정취는 계곡의 멋을 심안心眼으로 느끼는 일이다. 결코 허둥지둥 서두르지 말 일이다. 자연의 무심한 소리지만 문득 물소리 바람소리에서도 잔잔한 기쁨을 느낄 때가 적지 않으리라. 계곡길을 걸을 때는 음악의 무슨 기호처럼 '천천히, 그러나 느리지 않게'가 좋다. 계곡의 흐르는 물에 눈과 마음을 맑히면서.

쉬엄쉬엄 걷다 보면 잠시 후 화엄사 일주문이 나온다. 바로 거기서부터 천년의 역사가 숨쉬는 화엄사가 전개된다. 구층암 가는 길의 두 번째 정취라고나 할까. 가까이서 화엄사의 바다를 항해하듯 절의 구석구

석을 살피면서 법열에 잠겨 보는 것도 큰 기쁨이다.

금강문金剛門을 지나면 오른편에 시비가 하나 있는데, 거기에 새겨진 고려 대각大覺국사의 시 한 수는 나그네의 가빠진 호흡을 골라 준다.

직멸당 앞에는 경치도 빼어나고
길상봉 높은 봉우리 티끌도 끊겼네.
종일 사색하며 지난 일 생각하니
날 저물고 가을바람 효대孝臺에 몰아치네.

다시 오르면 천왕문天王門. 거기에는 험악한 표정의 조형물들이 있는데, 소위 불법과 절을 지키는 사천왕이다. 속인의 입장에서 우리 식으로 말하면 치안을 담당하는 경찰관들이다. 그들이 눈 부릅뜨고 상주하는 것은 화엄사의 눈부신 성보聖寶들 때문이 아닐까.

화엄사의 성보들로는 보제루 정면 위쪽에 대웅전(보물 제299호), 아래쪽에 동5층석탑(보물 제132호), 서5층석탑(보물 제133호)이 있고, 왼편에 각황전(覺皇殿: 국보 제67호)과 각황전 앞 석등(국보 제12호), 그리고 동백나무 숲길 위의 사사자삼층석탑(국보 제35호) 등이 있다.

화엄사가 눈부신 빛이라면 구층암은 아늑한 그림자 같은 곳이다. 법당 뒤편 오솔길 끝에 다소곳이 가부좌를 틀고 앉아 있는 가람이 구층암이다. 장엄하고 웅장한 성보들만 보았기 때문에 구층암은 초라할 수밖에 없다. 그러나 자세히 보면 새록새록 정이 들고, 묵은 암자가 주는 정겨움

오솔길 끝에서 묵묵히 가부좌를 튼 지리산 구층암

사람이 그리운 듯 흩날리는 눈발의 전언

이 크다. 암자 뒤편 기둥들은 크기가 각기 다른데 함부로 산을 깎아 집을 짓는 요즘 사람들 눈으로는 이해하기 힘들 것이다. 한줌의 흙도 그 자리에서 덜어내지 않고 암자기둥을 세웠던 선인들의 자연에 대한 겸허함이 느껴진다. 매끄러운 나무를 사용하지 않고 울퉁불퉁한 모과나무의 개성을 그대로 살려 기둥으로 삼은 선인들의 심미안도 부럽기만 하다.

　암주인 명완明完 스님의 툭툭 던지는 얘기에 고개가 절로 끄덕여진다. 요즘 암자의 속사정을 털어 놓는 대목에서는 왠지 허허로워지기도 하고. 노승들이 있는 듯 없는 듯 흰 구름처럼 머물던 곳이 암자가 아니던가.

　"요즘 암자에는 큰스님들이 안 보이지요. 원래 암자란 도인들이 엄격한 큰절 생활을 떠나 걸림 없이 자재하며 수행하는 곳인데 말이오. 젊은 스님들이 도인처럼 암자의 주인 노릇을 하고 있으니 딱할 뿐이지요."

　명완 스님은 구층암이 본래의 암자 모습을 되찾았으면 좋겠다고 한다.

　구층암 바로 위에는 선방인 봉천암이 있다. 그곳까지 들러 산왕지위山王之位라고 쓰인 산신기도처에서 산을 섬겼던 옛 사람들을 떠올려 본다. 바로 옆의 봉천수鳳泉水 물맛에 미소 지으며 노을지는 섬진강 한 자락이 나그네의 눈에 들어온다.

화엄사 법당 오른편 뒷길로 3분쯤 대나무 잎들이 서걱이는 소리를 들으며 올라가면 암자에 이른다.
구층암 061-782-4146

풀옷으로 몸을 가린 암자

두륜산 일지암

암자로 가는 초입에 며칠 전 내린 눈이 그대로 쌓여 있다. 초봄의 꽃 샘추위가 두륜산 뭇생명들에게 심술을 부린 듯하다. 산길가에 숲을 이룬 동백나무 꽃망울들이 아직도 굳게 입을 다물고 있다. 동백의 다물고 있는 입이 나그네의 눈에는 더 야무지게 보인다. 꽃망울이 벌어지면서 동백의 혼도 그만큼 달아나 버릴 것이기에.

미끄러져 신발에 들어간 눈을 털다가 문득 시퍼렇기만 한 하늘을 바라본다. 숲 사이로 드러난 하늘은 마치 깊은 우물 같다. 일지암一枝庵을 지었다는 초의草衣선사도 산길을 오르다가 숨이 차고 힘이 들면 저 하늘을 바라보며 땀을 들였겠지. 초의란 '풀옷'인데 야운野雲 스님의 다음과 같은 자경문自警文에서 따온 이름이다.

풀뿌리와 나무열매로 주린 배를 달래고

기와가 아닌 볏짚의 풀옷을 입고 있는 일지암

송락과 풀옷으로 그 몸을 가리다.

산야에 깃드는 새와 구름을 벗을 삼고

높은 산 깊은 골에서 남은 세월을 보내리.

초의선사에 대한 구전과 기록을 보더라도 그는 자경문의 구절대로 일지암에 40여 년 동안 머물며 자족하면서 살았던 것으로 믿어진다. 자신이 지은 초막을 일지암이라 부른 것도 중국의 걸인성자 한산寒山의 시 '내 항상 생각하노니 저 뱁새도 한 몸 편히 쉬기 한 가지에 있구나常念焦瞭鳥 安身在一枝'라는 구절에 감명받은 데서 연유했으리라. 기와가 아닌 볏짚의 풀옷을 입고 있는 듯한 암자를 보니 그런 생각이 더 든다. 암자를 주거공간으로만 보지 말고 가만히 그 내면을 들여다볼 일이다. 이름을 드러내고 살 수 있었음에도 불구하고 산중에 묻혀 살았던 초의선사처럼 느껴지지 아니한가! 소박하면서도 반듯한 암자의 자태에서 초의선사의 청백 가풍이 절로 떠올려진다.

시詩·서書·화畵·다茶에 일가를 이루었던 실학 선승. 다산 정약용의 제자가 되어 시 정신이 살아 있는 시를 익히고, 추사 김정희와 다우茶友가 되어 명맥이 끊겨 가던 우리 차를 중흥시켰던 다성茶聖으로 불리는 초의선사. 난세를 살면서도 자신의 삶을 활짝 꽃피우게 한 그분의 행적이 눈부실 뿐이다. 초의선사가 살던 시대는 조선 말, 어떤 면에서는 요즘 같은 혼돈기였다. 선사는 불혹의 젊은 나이에 들어와 81세로 열반에 들 때까지 암자를 단 한 번도 떠난 적이 없었다고 한다. 그런 은둔이야말로 도피가 아닌, 풀뿌리와 나무열매로 주린 배를 달래던 민초들과 고통을 함께 나누고자 한 수행자로서의 청빈한 삶이 아니겠는가.

일지암은 남종화의 산실이라는 점에서도 유명하다. 소치小痴가 일지암으로 초의선사에게 그림을 배우러 왔던 것인데, 눈 밝은 그들의 만남이 곧 한국화단의 남종화를 꽃피우게 한 계기가 되었기 때문이다. 소치는 초의선사에게 기본을 다지고 난 뒤, 다시 선사의 추천으로 한양의 추사秋史에게 엄혹한 그림 수업을 받았다고 하며 이후 소치의 후손들에 의해 남종화의 산맥이 형성되었다고 하는 게 정설이다.

대흥사 일주문에서 걸어서 40분 정도 걸린다. 대흥사 경내 오른쪽 길로 오르다 보면 이정표가 보이는데 북암은 왼쪽, 일지암은 오른쪽으로 꺾어 올라가야 한다.
일지암 061-533-4964

동백 꽃망울이 하품하는 길
영구산 향일암

돌산대교를 건너면서부터 향일암向日庵 가는 길은 시작된다. 정겹고 포근한 게 동무 집을 찾아가는 느낌이다. 암자가 있는 작은 포구 임포까지는 23킬로미터. 우리나라 섬에 난 길 치고는 무척 먼 길이다. 그래서인지 암자는 꼭꼭 숨은 듯 보이지 않고 이런저런 섬의 풍광이 먼저 나타난다.

푸른 비단 같은 한려수도 한 자락이 드러나기도 하고, 포구에서 졸고 있는 목선들이 보이는가 하면, 갓김치 공장이 나타나 입에 침이 돌게 하고, 섬길 가로수로 심어진 동백나무들이 붉은 하품을 터뜨리고 있기도 한 것이다.

이윽고 암자의 지붕 끝이 보이는 임포에 도착하여 바다를 응시해 본다. 일망무제의 바다를 보니 솔직히 마음이 좀 찔린다. 명부전의 업경대業鏡臺 같은 거울이 되어 욕심에 찌들고, 어리석고, 화 잘 내는 나그네

암자 밖에서 욕심의 체중을 감량하고 들어오라는 향일암의 '좁은 문'

향일암에서 본 남해바다. 일망무제의 바다는 명부전의 업경대

의 모습을 여지없이 되돌아보게 하고 있기 때문이다. 암자 입구에는 거대한 두 개의 바위가 '좁은 문'처럼 버티고 있다. 한 사람이 지날 수 있을 만큼만 열려져 있는데 왜 그럴까. 암자 밖에서 욕심의 체중을 감량하고 들어오라는 말 없는 바위의 경책인 성싶다. 그런 까닭으로 바위 앞에 청청하게 서 있는 무욕無慾의 대나무 한 그루가 싱그럽기만 하다.

향일암은 신라 선덕여왕 13년(644) 원효 스님이 창건할 당시에는 원통암圓通庵이라고 부르다가, 이후 고려 때는 금오산의 산명을 따라 금오암金鰲庵, 조선 숙종 때에 다시 지금의 이름으로 개칭하였다고 한다. 관음기도처인지 암자에는 관음전觀音殿이 두 동 있는데, 어느 곳에서나 다 바다가 눈에 들어온다. 특히 아래 관음전 모퉁이에 숨은 동백은 다른 곳보다 꽃망울을 더 빨리 터뜨리는데 수줍은 꽃잎하고 서로 눈 맞추는 은밀함도 조촐한 즐거움이다. 그러나 뭐니뭐니 해도 암자의 진면목은 일출의 광경이라는 비구니스님의 자랑이다. 그런 풍광은 스님들의 간절한 기도이기도 한 범종 소리가 바다 멀리 퍼져 나간 후부터 시작된다고 한다. 범종의 기별을 듣고 난 태양은 관현악단의 지휘자처럼 무대에 올라 금발을 휘날리며 '날마다 좋은 날'이라고 광명의 신천지新天地를 펼쳐 보인다는 것이다.

위 관음전은 원효 스님이 수도했다고 전해지는 곳이다. 법당의 문을 열고 들어가 보니 두 비구니스님이 기도를 하고 있다. 저 어린 수행자는 관세음보살을 향해 무슨 기도를 하고 있을까. 얼굴은 옥처럼 해맑고 두 눈은 바닷물이 든 듯 푸른빛이 감돌고 있다. 수행과 기도란 '맑은 눈’을 지키고자 하는 간절한 그 무엇일 것만 같다.

햇볕에 그을려 얼굴은 검지만, 역시 ‘맑은 눈’을 가진 시골 젊은이가 나그네를 졸졸 따라다니더니 이렇게 말한다.

“저 아랫마을의 큰 동백나무는 사람들에게 제사를 받지요. 내려가시는 길에 꼭 보고 가세요.”

나그네는 하산길이 바빠 젊은이의 권유를 접어 둔 채 다음 기회로 미루고 임포항으로 향하고 만다. 늙은 동백나무에게 제사를 지내기는 아마 유일한 마을일 것이다. 당산나무인 느티나무나 소나무가 동네 초입에서 수호신처럼 동제洞祭를 받는 경우는 우리 땅 어디서나 흔한 일이지만 말이다.

어수시와 돌산읍을 잇는 돌산대교에서 임포까지 승용차로 30분, 다시 암자까지는 걸어서 20분 정도 걸린다.
향일암 061-644-4742

강원도

우리 가난한 마음으로
보듬어 주는 자리

계곡물에는 과거와 현재, 미래가 한데
엉켜 있다. 세속의 시간을 초월해서
'거기 그렇게 있을' 뿐이다.
백담계곡을 따라 오르는 길에서도
나그네는 그런 상념에 잠겨 본다.
천년 전에 누군가가 듣던 물소리나
지금 나그네가 듣고 있는 물소리나
무엇이 다를 것인가.
-본문 중에서

차라리 자취를 감춘 학이 되리

오대산 중대 사자암

암자를 오를 때만큼은 가능한 한 마음을 비워야 한다. 입도 다물어야 한다. 사람이 입을 다물면 자연이 입을 연다는 말이 있다. 암자를 오르면서 자연의 소리를 듣지 못한다는 것은 교실에 앉아서도 교사의 가르침을 듣지 못하는 이치와 같다.

상원사에서 중대中臺 사자암獅子庵을 오르는 길은 마치 고교 시절의 생물 수업이 시작된 느낌이다. 산새들이 수업을 알리는 벨처럼 소리를 내자 나무들이 저마다 자기를 소개하고 있다.

'저는 자작나무 형제인 산서어나무이지요. 제 옆에 있는 거제수나무도 본래는 자작나무 형제였고요.'

산길가에는 나무들의 종류가 유별나다. 음나무, 잣나무, 피나무, 생강나무, 목련과인 함박꽃나무, 까치박달, 단풍나무 등등이 산자락에서 고루고루 자생하고 있다.

이윽고 사자암에 올라 땀을 들인다. 그러나 산길의 계단이 아직 끝이 난 것은 아니다. 계단은 사자암 머리맡에 있는 해발 1,190미터의 적멸보궁寂滅寶宮까지 나 있다. 사자암 자체는 적멸보궁을 관리하는 행랑채인 셈이다.

적멸보궁이란 부처의 진신사리를 모신 법당을 일컫는 불가의 말이다. 자장율사가 중국에서 부처의 사리를 구해 와 이곳에 봉안했다고 《삼국유사》에도 나와 있다. 자장율사 이후의 고승치고 적멸보궁을 참배하지 않은 스님은 단 한 분도 없으리라. 보궁이 불가의 성지 중에 성지이기 때문이다. 평일인데도 보궁에 오르자 '석가모니불 석가모니불' 하는 간절한 염불 소리가 산의 정적을 깨뜨리고 있다. 딱따구리가 목탁을 치듯 송곳 같은 부리로 딱딱딱 고목을 쪼고 있고.

다시 사자암으로 내려와 암주스님에게 차 대접을 받는다. 방과 마루에 있는 탱화 두 점이 고풍스러워 연대를 보니 '광서光緒 20년'이라고 씌어 있음이 눈에 띈다. 1백여 년 된 작품이다.

"저 마당에 있는 단풍나무는 칠십여 년 됐습니다. 한암漢岩 스님이 경기도 봉선사에서 오실 때 짚었던 지팡이였는데 잎이 돋고 가지를 뻗은 거지요. 저도 믿기지 않아서 단풍나무를 꺾꽂이해 봤더니 정말로 잘 살더군요."

산길을 걷기가 힘들어 오대산에 흔한 단풍나무 가지를 꺾어 지팡이로 삼았더랬는데 그게 오늘날까지 살아 설화로 구전되고 있는지도 모른다.

근대의 고승 한암은 왜 봉은사奉恩寺의 조실이라는 편안함을 버리고

한암 스님이 머물렀던 오대산 중대 사자암

부처의 진신사리를 모신 적멸보궁에서 참배하는 불자들

나이 50이 넘어 오대산으로 숨어 들어왔을까. 그때 그가 한 말은 이러하였다.

"차라리 천고千古에 자취를 감춘 학이 될지언정 삼춘三春에 말 잘하는 앵무새의 재주는 배우지 않겠노라."

두말할 것도 없이 한암이 출가한 것은 흉내 잘 내는 앵무새가 되기 위해서가 아니라 고고한 학의 인격이 되고자 해서였을 터이다. 그러한 출가의 초심을 지키기 위해서 더 늙기 전에 오대산을 찾아 들었던 것은 아닐까. 앞서서 입적에 든 그의 사진이 남아 전해지고 있는데, 죽음에 이르러서도 하늘을 우러르고 있는, 너무도 당당한 그의 자태에 가슴이 서늘해진다.

상원사 왼쪽 뒤 산길로 30여 분쯤 오르면 암자에 이른다. 거기서 다시 오른쪽으로 10여 분 거리에 적멸보궁이 있다. 그러니까 암자는 적멸보궁을 지키는 경비 초소 격이다.
사자암 033-333-4729

세상 지옥이 텅 빌 때까지
오대산 남대 지장암

　오대산에서 유일한 비구니 암자가 남대南臺 지장암地藏庵이다. 우리나라에서 최초로 비구니 선방을 개설한 곳이기도 하다. 때문에 법랍이 많은 비구니스님치고 이곳을 거쳐가지 않은 분이 없을 정도란다.

　지장 기도처답게 암자에 이르자 염불 소리가 발걸음을 멈추게 한다. 한 호흡 진정하고 나니 비로소 그 뜻이 가슴에 한 땀 한 땀 사경寫經이 된다. 이른바 지장보살의 서원이다.

　'중생을 다 제도하고 부처가 되리라. 지옥이 텅 빌 때까지 부처 되지 않으리.'

　지장암에서 기도하고 있는 비구니스님들은 '죄 지은 사람들을 모두 구제하여 지옥을 텅 비우겠다'고 서원한 분이 아닐까.

　참선하는 스님들을 뒷바라지하는 한 스님이 안내한 요사채로 들어가 지장암의 살림살이를 엿본다. 비구니스님들의 거처라서 그런지 이미 우리 가정에서 사라져 버린 앉은뱅이 재봉틀이 정겹다. 잠시 후에는 오대산에서 자생한다는 마가목으로 우려낸 차의 향기가 코를 자극한다. 푸른 난이 있는 식당의 흰 벽에는 이런 구절도 적혀 있다.

한 방울의 물에도 천지의 은혜가 스며져 있고
한 알의 곡식에도 만인의 노고가 담겨져 있습니다
정성으로 마련한 이 음식으로 주림을 달래고
바른 마음으로 바른 생활을 하여
인류를 위하여 봉사하겠습니다,
마하반야바라밀.

비록 짧은 글귀이지만 종교인의 자세를 이보다 더 잘 표현한 구절이 있을까 싶다. 어느 스님이 쓴 오관게라고 하는데 그 의미가 불교의 어떤 교리보다도 감동적이다.

사실 참선과 기도 역시 목적은 같은 것이리라. 이와 같은 글귀처럼 한 방울의 물과 한 알의 곡식에도 감사하고 마지막에는 봉사의 삶을 실현하기 위해 참선하고 기도하기에.

참으로 감사하는 마음은 입으로만 외쳐서 생기는 게 아니라 업(業: 죄)이 소멸될 때 비로소 열린 가슴이 되어 저절로 솟아날 터. 지장암의 한 스님은 업이 소멸돼 가는 것을 이렇게 체험했다고 말한다.

"기도를 하고 나면 밤에 꿈이 꾸어지지요. 그때 몸속에서 업이 파랑

빈 마당에 폭설이 내리고 어디선가 겨울새 소리가 들려온다. 폭설 속에서 꿈인 듯 앉아 있는 오대산 남대 지장암

새나 나비로 변하여 날아가기도 하고, 뱀이나 벌레로 변하여 발가락 사이로 빠져나가는 것을 보게 되지요."

　오대산의 여러 암자 중에서 지장암에만 소나무가 있는 게 특이하다. 소나무는 다른 나무들이 시드는 혹독한 겨울에 더 푸르러진다. 치열하게 수행하여 업이 소멸된 수행자의 삶 또한 소나무처럼 청청하고 올곧지 않을까.

월정사에서 가장 가깝고, 오대 중에서 해발의 높이가 가장 낮은 암자로서 도보로 5분 거리에 있다. 주차장은 월정사 주차장을 이용하면 된다.
지장암 033-332-6668

장엄한 노을 법문을 보며

오대산 동대 관음암

오대산五臺山이란 산명은 다섯 개의 암자가 있다 하여 붙여진 이름이다. 신라 때인 서기 705년에 자장율사가 동대東臺, 서대西臺, 남대南臺, 북대北臺, 중대中臺 등의 띳집을 지었다고 전해진다.

나그네가 맨 먼저 찾아간 암자는 관음암觀音庵이라고도 불리는 동대. 산속 겨울의 다섯시인지라 사위는 벌써 어둑어둑해지고 있다. 산길이 하루 중에서 가장 호젓해지는 시각이다. 그래도 허공으로 치솟은 잣나무의 기상은 여전하고, 묵은 다래넝쿨은 자연의 광케이블선처럼 산 소식을 어디론가 송수신하고 있는 것 같다.

암자 주위는 길을 넓히는 공사 중이어서 조금은 어수선하다. 면장갑을 낀 스님 한 사람과 여러 중년 남자들이 무거운 바위들을 굴려 제자리를 찾아 주고 있는 중이다. 그들을 보자 문득 불가에 전해 내려오고 있는 한 구절이 떠오른다.

달 밝은 밤에 까마귀가 길을 안내하는 오대산 동대 관음암

'하루 일하지 않으면 하루 먹지 말라一日不作 一日不食.'

스님의 일하는 모습이 너무 진지해서 감히 말을 붙이기가 힘들 정도이다. 잠시 후 나그네가 물러나 앉은 곳은 관음암 한편의 통나무 의자이다. 문득 나그네는 먼 가리왕산 능선 위로 펼쳐진 장엄한 저녁 노을과 잠시 침묵의 대화를 나눈다.

저물어 가는 세밑에서 바라보는 동대 관음암의 노을. 그것에는 또 다른 자연의 전언傳言이 있다. 생生은 노을처럼 불타올랐다가도 흔적 없이 스러지고 만다. 그대는 탈옥수 빠삐용처럼 인생을 낭비한 죄를 짓고 있는 것은 아닌지……. 남은 그렇다 치더라도 가족이나마 참으로 사랑하며 살아왔는지 자신에게 물어보라는 메시지가 느껴진다.

나그네가 앉은 자리에서 동대의 수행자들도 때때로 노을과 마주하는 모양이다. 스님에게는 저 만다라 같은 장엄한 노을이 곧 부처의 경전이고 법문法門이 아닐까. 방으로 자리를 옮겨 스님에게 왜 암자 오르는 산길을 차도車道로 넓히고 있는지를 들어 본다. 한마디로 암자의 앞날을 위해서이다. 산 밑에서 땔감 대용물을 구해 오지 않는다면, 암자 주위의 나무들이 땔감으로 다 베어져 결국 산이 헐벗게 된다는 것이다. 스님은 예전의 산길이 더 좋았다고 고백한다. 예전의 오솔길은 특히 달밤에 더 매혹적이었다고 한다.

"달밤에 암자를 오르게 되면 꼭 까마귀가 깍깍 길을 안내했지요. 지금은 환생을 해버렸는지 보이지 않습니다만. 아무튼 달빛 아래서 더 포근해지는 길이었지요."

비록 새로 뚫린 길이지만 나그네 역시 밤길을 걷고 싶어 하산하기로 작정한다. 까마귀가 길을 안내하지는 않겠지만 별도 보고 달도 만나 보고 싶어서이다. 스님은 아직 달이 뜨지 않았다며 굳이 손전등을 빌려 준다.

월정사에서 2.8킬로미터의 거리에 있으며, 걸어서는 30분 가량 걸린다. 길이 가파르므로 사륜구동의 승용차만이 암자에 오를 수 있다. 오르다 보면 돌탑이 정거운 옛길이 조금 남아 있는데 그 길을 걷는 게 더 낭만적이다.
관음암 033-332-0298

등신불로 빛나는 너와집

오대산 서대 염불암

서대西臺 염불암念佛庵으로 가는 산길 초입부터 고목들이 넘어져 있다. 나무도 나이가 들면 골다공증을 앓는지 속이 텅 빈 채 제 몸무게를 이기지 못하고 넘어지는 모양이다. 어떤 것은 벌써 십수 년이 흐른 듯 검붉은 흙으로 돌아가고 있는 모습이다.

고목의 그런 모습은 왠지 겸손하다. 자연의 섭리가 그러하듯 지극히 천연스럽다. 염치없는 인간들처럼 호화 분묘니 묘지 공원화니 하여 죽는 순간까지도 허명을 남기려 하는 미망迷妄에 사로잡혀 있지 않은 것이다. 자신을 키워 주었던 어머니인 산에게 아무런 이름없이 겸허하게 안겨 있는 모습이다.

조금 더 오르니 잔설 속에서 드러난 산죽들이 시퍼렇다. 고목의 가지를 치며 지나가는 바람소리가 염불암의 독경 소리처럼 갑자기 가깝게 들려온다. 문득 일주문처럼 버티고 선 두 고목 사이에서 걸음을 멈추어

남한강의 발원지인 '우통수'가 있는 염불암

본다. 일출을 보고자 이렇게 새벽부터 염불암을 찾아가는 것이 정진하는 스님에게 방해되는 일은 아닐까 해서이다.

서대를 기억하게 하는 또 하나의 명물은 우통수于筒水. 남한강의 발원지이기도 하고 다인茶人들에게 찻물로 유명한 조그만 샘이 서대 입구에 있는데, 그 샘을 우통수라고 부른다. 염불암은 신라 때부터 조선 초까지는 수정암水精庵이라고 불려졌다고 한다. 고려 말 선비인 권근權近의 《서대 수정암 중창기》에도 그렇게 씌어져 있다. 수정암에서 현재처럼 염불암이라고 불린 것은 조선 후기부터가 아닐까 싶다.

이윽고 우통수에 다다른다. 돌로 이뤄진 정사각형 모양의 이 조그만 샘이 남한강의 시원始原이라고 하니 신기하기조차 하다. 여기서 한 방울의 물이 흘러 도도한 남한강이 되니 말이다. 우통수의 샘물은 다른 곳의 물보다 무게가 무겁고 빛과 맛이 변치 아니하여 찻물로는 최고라고 한다. 허균도 차를 달이고 싶지만 '어찌 우통의 으뜸가는 샘물을 얻으랴安得于筒第一泉'라고 시를 읊조린 적이 있을 정도이다.

우통수의 샘에서 너와집의 암자까지는 스무 걸음이나 될까. 우통수로 목을 축이고 암자에 이르자 일출의 장관이 펼쳐지고 있다. 비록 한반도의 암자들 중에서 가장 초라한 암자지만 일출의 빛살을 받는 염불암은 그대로 등신불等身佛이 되어 빛나고 있다. 암자는 너무 적막하여 엄숙하기조차 하다. 사람의 기운을 느낄 수 있는 것이라곤 토방에 단정하게 놓여 있는 검정고무신 한 켤레뿐이다.

"스님, 스님" 하고 불러도 대답이 없기에 문을 열어 보았더니 방 안에는 앉은뱅이책상 하나와 거기에 놓인 탁상시계 하나가 눈에 들어올 뿐. 인기척을 느끼고 어디로 산짐승처럼 피해 버린 것은 아닐까. 사람이 싫어서 그런 것은 아니리라. 여기서 수행하는 스님들은 여름이 되면 뱀하고도 함께 산다고 하니 말이다. 너와지붕에서 뱀들이 방 안으로 툭툭 떨어지면 '금강아, 화엄아' 하고 이름을 붙여 불러 준다는 얘기가 전해지고 있다.

상원사에서 2.8킬로미터 떨어진 곳에 있지만, 경사가 심한 길이므로 쉬엄쉬엄 한 시간 정도는 걸어야 암자에 다다른다. 산길 입구의 안내판에는 암자로 가는 화살표를 누군가가 일부러 지워 버린 흔적이 보이는데, 그렇다고 섭섭해해서는 안 된다. 말 많은 사람들의 입장을 사절한다는 표시가 아닐까.
월정사 종무소 033-332-6661~5

껍질 벗고 생살이 돋는 삶이란

오대산 북대 미륵암

오대산에서 가장 높은 곳에 위치한 암자가 북대北臺 미륵암彌勒庵이다. 해발 1,200미터쯤에 있으니 남한에서도 첫째둘째가는 고지이리라. 미륵암의 역사 또한 오대산의 다른 암자들처럼 자장율사가 서기 705년쯤에 띳집을 지어 수행처로 삼았다는 것이 정설이다.

암자로 오르는 길에 잔설이 희끗희끗 보인다. 산밑과 온도 차이가 많이 나는 듯 잔설이 그대로 쌓여 있다. 갑자기 햇볕이 자취를 감추고 광풍이 거세게 몰아치기도 한다. 눈을 부릅떠야만 길이 제대로 보일 지경이다.

기침이 콜록콜록 터져 나온다. 나옹懶翁선사가 고려 말에 숨어 지냈던 성지聖地를 함부로 밟지 말라는 경고인가. 나옹은 고려의 왕사王師로 부름을 받기 전까지 이곳 북대에서 누더기를 걸치고 숨어 살았다고 전해진다. 그가 지어 부른 〈도솔가〉가 귓가에 들려오는 듯하다.

청산은 나를 보고 말없이 살라 하고
창공은 나를 보고 티없이 살라 하네.
탐욕도 벗어 놓고 성냄도 벗어 놓고
물같이 바람같이 살다가 가라 하네.

서대가 욕심을 버리고 사는 수행처라면 북대는 무디어진 의지와 신념을 송곳처럼 단단하고 날카롭게 다듬어 주는 터이다. 바람이 한번 휘저으면 나뭇가지만 부러뜨리는 게 아니라 번뇌의 헛가지도 여지없이 꺾어 버리는 곳이기 때문이다.

눈을 바로 뜨지 않으면 거센 삭풍 속에서 길이 보이지 않듯 자신의 일대사一大事 하나만 붙들고 살라는 자연의 준엄한 당부가 아닐 수 없다. 지난 일에 얽매여 이러쿵저러쿵 번민하고 곱씹는 게 이 암자에서는 거추장스러운 사치일 뿐이다.

녹차를 들다 말고 입을 여는 스님의 한마디가 가슴에 녹차 향처럼 남는다.

"눈보라가 몰아칠 때는 외로운 섬 같지만 수행자는 고독을 사랑하는 사람들 아닙니까? 그때야말로 살맛이 나고 서릿발 같은 기상이 북돋아지지요."

스님이 말하는 기상이란 눈 부릅뜨고 길을 찾는 구도求道의 의지를 말함이리라. 그렇다. 타성의 껍질을 벗고 생살이 돋는 삶이란 온 마음으로, 광풍 속이지만 눈 부릅뜨고 길을 찾아가는 일인지도 모른다. 중

나옹 스님이 왕사로 부름을 받기 전까지 숨어 살았던 오대산 북대 미륵암

국의 빼어난 선승, 원오선사는 이렇게 말하지 않았던가.

'생이란 그 전부를 드러내는 것, 죽음 또한 그 전부를 드러내는 것生
也全機現 死也全機現.'

상원사에서 승용차로는 40분, 걸어서는 한 시간 이상이 걸린다. 겨울에는 승용차 출입이 통제되고 있으므
로 공원 관리 사무소 요원의 허락을 맡아야 한다. 또한 눈비가 올 때는 위험한 비탈길이므로 승용차보다는
걸어서 가는 게 안전하다.
미륵암 033-333-1031

다람쥐 합장하는 오세동자의 집
설악산 오세암

계곡물에는 과거와 현재, 미래가 한데 엉켜 있다. 세속의 시간을 초월해서 '거기 그렇게 있을' 뿐이다. 백담계곡을 따라 오르는 길에서도 나그네는 그런 상념에 잠겨 본다. 천년 전에 누군가가 듣던 물소리나 지금 나그네가 듣고 있는 물소리나 무엇이 다를 것인가.

어찌 물소리만 그렇겠는가. 자연이란 이름의 모든 것들이 거기 그렇게 있을 뿐이다. 내설악의 신록도 역시 마찬가지다. 나뭇잎들은 아기 혀처럼 여리고, 햇살은 어머니의 젖처럼 뿌려지고 있다. 자신의 영혼을 드러내고 있는 듯한 저 숲의 아름다운 신록도 예나 지금이나 한결같다.

다섯 살에 이미 신동이라 불리었던 매월당梅月堂 김시습金時習이나 비록 시대는 다르지만 만해萬海 스님이 본 내설악의 풍광은 모두 같을 뿐이다. 생육신生六臣 중의 한 사람이었던 김시습은 세조의 '왕위찬탈'

자신의 영혼을 드러내고 있는 듯한 오세암의 아름다운 신록

소식을 듣고는 보던 책들을 모두 불태운 뒤, 스물한 살 열혈 청년의 나이에 오세암에서 머리를 깎고 스님이 됐었고, 만해 스님은 백담사에서 암자로 난 산길을 산책하면서 〈님의 침묵〉을 구상하고 완성시켰던 인물이다.

계곡물 소리에 암자로 가는 길은 조금도 지루하지 않다. 오르는 산길이 마치 금실 좋은 부부처럼 계곡과 함께하고 있다. 적어도 깊은 산골로 들어서기 전인 영시암永矢庵까지는 산길과 계곡이 서로 다정하게 포옹하고 있는 형국이다.

오세암은 신라 선덕여왕 13년(647)에 자장율사가 창건했다고 한다. 그때의 이름은 관음암觀音庵이었으며, 조선 명종 3년에 보우普雨 스님이 불교 중흥을 위해 기도하다가 문정왕후文貞王后에게 선종판사로 발탁된 직후 암자를 중건하였으며, 인조 21년(1643) 설정雪淨 스님이 암자를 다시 중건하면서 오세암으로 개칭했다고 한다.

이윽고 암자가 내려다보이는 고갯마루에서 땀을 들이는데 다람쥐가 나타나 합장을 한다. 탁발하는 스님처럼 공양 거리를 달라고 나그네에게 다가선다. 입가심으로 가져온 땅콩을 보여 주니 대뜸 나그네의 손바닥에 올라 냠냠 먹는다. 사람을 조금도 두려워하지 않는 귀엽고 천진한 모습이다.

그렇다. 천진함이야말로 오세암의 특징이 아닐 것인가. 멀리 보이는 아이를 안은 것 같은 포대화상 바위도, 법당 안의 오세동자五歲童子도 천진함 그 자체다. 법당 이름도 천진관음보전天眞觀音寶殿이다.

법당인 천진관음보전 안의 오세동자

다 아는 이야기지만 오세동자의 설화는 이렇다. 설정 스님은 고아나 다름없는 어린 조카를 데리고 수행하고 있었다고 한다.

하루는 겨우살이 준비를 위해 설악산 아래에 있는 바닷가의 낙산사로 나가게 되었다고 한다. 떠나면서 스님은 주먹밥 몇 덩어리를 조카에게 주면서 무서우면 법당으로 가서 '관음보살님, 관음보살님' 하고 부르라고 하였다. 그러면 엄마 같은 관음보살님이 보살펴 줄 것이라고 말했다. 그런데 스님이 떠나자마자 폭설이 내려 설악산의 모든 산길이 막혀 버리고 만다. 설정 스님은 쌓인 눈이 녹은 봄이 되어서야 산길이 트여 암자를 다시 겨우 찾게 되었는데, 그때까지도 조카는 관세음보살님의 젖을 먹고 살아 있더라는 것이다.

그래서 설정 스님은 관세음보살님의 자비와 다섯 살인 조카의 천진함을 기리기 위해 오세암으로 암자 이름을 바꾸었다는 이야기이다.

암자에서 기도하고 있는 한 스님을 만나니 그 모습도 티없이 맑기는 마찬가지이다.

"꿈에는 제가 오세동자가 되어 법당의 저 연화대 위에 올라 앉아 있곤 하지요. 기도하다 보니 제가 동자를 닮아 가는 것 같아 스스로 놀랄 때가 있습니다."

스님의 모습을 보니 꼭 다섯 살의 동자가 환생한 느낌이다. 관음봉과 나한봉 사이로 흘러오는 운해雲海 속에 섞이는 그의 모습이 더욱 동자처럼 보인다.

오세암에서 관음기도하며 살다 보면 누구라도 법당 안에 그려진 오세동자를 닮아 가는 것은 아닐까.

  그런 생각이 언뜻 뇌리를 스친다.

백담계곡을 따라 영시암까지 간 뒤, 고개를 하나 올라서면 첫 이정표가 나오는데 거기에서 왼편 산길로 가
는 방법이 가장 빠르다. 백담사에서 걸어서 두 시간 반 정도 걸린다.
오세암 033-462-8135

입 다문 바위들도 고개 숙이네
설악산 봉정암

　우리나라에서 가장 높은 곳에 위치한 암자가 봉정암鳳頂庵이다. 해발 1,244미터로서 4월 초파일에도 설화雪花를 볼 수 있는 암자이다. 산이 높으면 골이 깊다던가. 백담계곡과 수렴동계곡, 천연의 폭포가 즐비한 구곡담계곡을 거쳐야만 암자에 이를 수 있다. 물론 오세암을 거쳐 산길을 타는 방법도 있지만 초행길이면 계곡의 풍광을 음미하며 가는 편이 더 좋다.

　그렇다고 무작정 여유를 부리며 가는 것은 오만한 생각이다. 암자 가는 길은 그야말로 극기 훈련과 다름없다. 쉬지 않고 걷는 여섯 시간의 산행은 기본이고 산비탈에 설치된 밧줄을 잡고 십수 번의 곡예를 반복해야 한다. 더구나 해발 7백 미터를 넘어서면 기상대의 예보는 쓸모가 없게 된다. 예보를 비웃듯 수시로 날씨가 바뀌기 때문이다.

　해발 1천 미터를 넘어서자 갑자기 천둥이 치면서 곧 비가 내린다. 오

5대 적멸보궁 중에 가장 높은 곳에 위치한 설악산 봉정암

세암의 한 스님이 우비를 한사코 가져가라 해서 챙기고 올랐는데, 비오는 산중에서는 우비가 바로 관세음보살임을 깨닫는다. 겨울비나 다름없는 산중의 비에 체온을 보호해 주었고, 잠시 후에는 진짜 얼음 조각들인 우박이 쏟아져 내렸던 것이다.

스님이 우비를 챙겨 주지 않았더라면, 하고 생각하니 등골이 오싹 서늘해진다. 저 아래 백담사에서는 진달래, 산벚꽃이 활짝 핀 봄인데, 이곳은 아직 차가운 겨울이 아닌가. 가지에 매달린 수만, 수억 개의 영롱한 물방울들이 꽃보다 더 아름답다.

이제, 오르기가 가장 힘들다는 깔딱고개다. 누구든 평등하게 두 발과 두 손까지 이용해야만 오를 수 있는 바윗길이다. 문득 마계魔界에서 불계佛界에 든다는 《유마경》의 한 구절이 떠오른다. 험악한 바윗길이 부처님 세상을 가로막고 있는 마魔의 구역 같으니 말이다.

봉정암은 신라 선덕여왕 13년(644)에 자장율사가 중국 청량산에서 구해 온 부처님의 진신사리를 봉안하려고 시창했다는 것이 정설이다. 그 후 원효대사와 고려 때는 보조국사가, 조선 때는 환적幻寂 스님과 설정雪淨 스님이 허물어진 암자를 다시 일으켜 세웠던 것이고.

그렇다고 암자 역사에 있어서 징검다리 같은 위의 다섯 분만을 기억해서는 안 된다. 징검다리 사이로 흐르는 물처럼 흔적 없이 흘러간 수많은 스님들이 암자를 지켜 왔기 때문이다. 법정法頂 스님께서 들려준 이야기인데 봉정암에는 몇십 년 전만 해도 이런 무언無言의 전통이 있었다고 한다. 워낙 험산의 오지이므로 겨울철 전에 암자를 내려가는 스님은 빈 암자에 땔감과 반찬 거리를 해놓고 하산을 하고, 또 암자를 찾아가는 스님은 한 철 먹을 양식만을 등에 지고 올라가 수행했다는 전통이다.

그 옛날 자장율사는 왜 이런 내설악의 오지奧地에 불사리佛舍利를 모시려 했던 것일까. 자장율사가 불사리를 봉안하려고 금강산을 헤매던 참에 스님의 머리 위로 봉황새가 나타나 내설악 산정으로 안내했다는 설화가 있지만 미스터리는 여전히 남는다.

깔딱고개를 넘어서자 바로 암자가 보인다. 하늘도 언제 굳었느냐 싶게 청청하게 바뀌어 있다. 그대로 부처님 세상이자 선경仙境이 펼쳐지고 있다. 숨을 아직도 몰아쉬고 있는데 이미 나그네의 소설로 인연을 맺은 정념正念 스님이 반갑게 맞이한다.

"올라오면서 비를 맞으셨군요. 봉정암 오는 길의 비는 업장業障을 녹여 주는 비지요."

암자의 법당인 적멸보궁에는 일반 법당과 달리 불상이 없다. 산정의 5층석탑에 부처님의 유골인 불사리가 봉안되어 있기 때문이다. 나그네는 석가탑이라 불리는 5층석탑으로 먼저 가 참배를 한다. 참배를 하는 이는 나그네만이 아니다. 산봉우리에 솟구친 여러 모습의 입 다문 바위들도 천년을 하루같이 탑을 향해 참배하고 있다. 이름하여 부부바위, 곰바위, 부처바위 등등이 보는 이의 업에 따라서 형상을 달리하며 장엄하게 이쪽을 굽어보고 있다.

정념 스님은 까마귀 소리를 듣고는 누군가가 온 줄 알았다고 말한다.

주위 바위들에게 천년을 하루같이 참배 받는 석가탑

부처바위의 장엄

암자 주위에 사는 까마귀들에게 눈이 쌓여 먹이가 떨어지는 겨울철에는 아침 끼니때마다 밥을 주어 왔는데 이제는 까마귀들이 밥값을 한다. 등산객들이 오면 한두 번 울고 말지만 반가운 스님이나 신도들이 올라오면 계속해서 깍깍 짖어 댄다는 이야기이다. 들고 보니 까마귀한테서도 천진한 마음인 불성이 느껴진다. 그렇다. 은혜를 갚는 심성만으로 따진다면 한낱 날짐승인 봉정암의 까마귀가 어찌 인간보다 못할 것인가.

백담사에서 계곡을 따라 여섯 시간 정도 산행을 하면 암자에 이른다. 산행은 평범한 진리를 실감나게 가르쳐 주기도 한다. 땀을 몇 번이나 쏟고 나서 암자에 이르듯 고생 끝에 낙이 온다는 것도 그 한 가지이리라.
설악산 관리사무소 백담분소 033-462-2554

바닷가에 핀 한 떨기 홍련

낙산 홍련암

낙산사洛山寺를 가로질러 바다 쪽으로 천천히 걷다 보면 동해를 조망하는 의상대義湘臺가 보이고, 이어 홍련암紅蓮庵에 다다른다. 모두 낙산洛山이라는 낮은 동산 안에 있는 불교 유적지들이다. 낙산이란 관음보살이 살고 있다는 보타락가(Potalaka)의 음역音譯인데 낙가산洛伽山, 낙가洛伽 등도 같은 뜻의 단어들이다.

의상義湘 스님이 중국에서 화엄학을 공부하고 돌아온 후의 일이다. 스님이 신라 문무왕 12년(672)에 낙산사를 창건하던 중에 간절히 기도하다가 관음보살을 친견한 곳이 바로 홍련암이라고 한다. 그러므로 낙산사나 홍련암이 우리나라에서 최초로 조성된 관음성지觀音聖地라는 게 불교학자들의 주장이다. 민간에 널리 관음신앙은 있었지만 그때까지도 구체적인 관음성지는 없었기 때문이라는 것.

원효 스님이 관음보살을 만나는 설화도 낙산이 관음성지임을 증명하

의상 스님이 7일 낮밤으로 기도하던 중에 관세음보살을 친견한 홍련암

관세음보살이 상주하는 홍련암 너머의 동해

고 있는 셈이다. 《삼국유사》에 나온 내용을 요약하면 이렇다.

스님이 낙산의 관음보살을 친견하려고 다리 위를 지나게 되었다. 그때 다리 아래서는 한 여인이 더러운 속옷을 빨고 있었다. 스님은 장난기가 발동하여 여인에게 말을 걸었다.

"이보오, 물을 좀 주시오."

여인이 물을 떠주었지만 스님은 더러운 그 물을 마실 수 없었다. 그래서 자신이 직접 떠서 마시려고 하는데 들판의 소나무에 앉아 있던 새 한 마리가 이렇게 말하고는 홀연히 사라져 버리는 것이었다.

"훌륭한 화상이시여, 이제 망측한 짓은 그만두십시오."

스님이 놀라 다가가 보니 그곳에는 짚신 한 짝이 놓여 있을 뿐이었다. 이윽고 낙산사에 도착하여 관음상이 안치된 절벽 밑에서 또 그 나머지 짚신을 보게 되었는데, 그제야 스님은 개천에서 만났던 여인이 낙산의 관음보살임을 깨달았다는 이야기다.

의상 스님이 선정에 잠기곤 했다는 의상대에서 바라보면 실제로 암자가 바다 위에 핀 홍련 같다. 암자의 붉은 단청은 홍련의 꽃잎을, 주위의 대밭이나 작은 바위섬들은 연잎을 연상시켜 준다. 7일 동안 밤낮으로 기도하던 의상 스님의 눈앞 바다에 홍련 한 송이가 피어나더니 곧 관음보살로 바뀌었다는 설화 한 토막이 아니더라도, 심미안이 열린 선지식善知識이라면 암자 이름을 홍련암이라고 명명할 수밖에 없을 것 같다.

자신의 어머니가 암자에서 관음기도를 한 인연으로 세상에 태어났다는 최현식崔顯植 법사. 그와 함께 암자 안으로 들어가 참배를 하는데 갑자기 파도 소리가 가깝게 들린다.

"해일이 일거나 파도가 거세질 때는 마룻바닥이 날아가 버릴 것처럼 법당 밑이 쿵쾅거리지요. 그때 관음보살님을 부르면 어느새 두려움이 사라져 버린다고 그래요."

그가 손바닥만 한 정사각형의 마루를 들어내자 절로 아! 하는 탄성이 터져 나온다. 비밀 구멍처럼 뻥 뚫린 곳에 눈을 대고 아래를 쳐다보니 과연 동해의 한 자락이 드러난다.

잠시 후, 그 비밀 구멍으로 더 자세히 보니 암자는 15미터쯤 되는 두 개의 거대한 바위 위에 누각처럼 얹어져 있고, 두 바위기둥 사이로는 바닷물이 용의 비늘 같은 파도를 곧추세운 채 들락거리고 있다. 마치 동해의 용이 암자에 계신 관음보살님에게 여의주如意珠를 바치려고 하는 모습이다.

의상 스님이 관음보살을 친견한 터이므로 그런지는 몰라도 암자의 위치가 절묘하기만 하다. 사람들은 고작 일출이나 동해를 보기 위해 몰려들지만 홍련암에는 의상 스님의 또 다른 원력願力이 서려 있는 것만 같다. 혹시 관음보살의 자비가 동해의 뭇생명들한테까지 미치도록 배려한 데서 이렇게 자리 잡은 것은 아닐까.

의상대에서 가까운 거리에 있는데, 암자에서 일출을 보려면 봄철의 경우 오전 네시 30분 정도까지는 암자에 도착해야 한다. 일몰은 게으른 사람도 볼 수 있지만 일출은 부지런하지 않으면 볼 수 없음이다.
홍련암 033-672-2478

거대한 목탁 같은 석굴

설악산 계조암

　설악산 계곡의 바위들은 하나같이 둥글둥글하다. 어쩌다 모난 바위가 보일 뿐 산길에 깔린 바위를 보면 다 공룡알의 화석 같은 느낌이다. 신흥사 앞을 지나는 길도, 거기에서 계조암繼祖庵에 오르는 산길도 그렇다.

　고승의 육신에서 사리가 나듯 태고의 명산에서 나오는 게 이런 바위가 아닐까. 둥근 바위를 보고 있으면 설악의 사리 같다는 생각이 든다. 계조암은 신라 진덕여왕 6년(652)에 자장율사가 설악산에 들러 수행처 삼아 지었다고 전해진다. 당시 자장율사는 계조암과 더불어 지금의 신흥사의 전신인 향성사香城寺와, 내원암의 전신인 능인암能仁庵을 동시에 창건했다고 한다. 당시 그대로 남아 있는 유적은 석굴 법당인 계조암뿐인 셈이다.

　목조 건물은 벼락 등에 의해 불타 버릴 가능성이 많지만 석굴은 그럴 위험이 전혀 없기 때문이다. 왜 암자의 이름을 계조암이라 했을까. 특

동굴 속의 어둠과 촛불이 한데 어우러진 계조암 석굴 법당

설악산에 자장율사의 유적으로 유일하게 남아 있는 계조암 석굴 법당

이한 이름 때문에 나그네는 암자를 오르면서 스스로 묻지 않을 수 없다. 자장율사가 창건한 이래 원효, 의상 등 도력이 깊은 조사들이 거쳐 갔다고 해서 계조繼祖라는 이름을 붙였다고 하나 수긍이 잘 가지 않는다. 계조암이란 암자 이름을 이미 고승들이 거쳐가기 이전에 자장율사께서 그렇게 명명했으니까.

어쩌면 중국의 숭산 소림굴少林窟에서 9년 간 면벽 수도한 달마조사의 정신을 이어받기 위해서 계조암이라고 한지도 모른다. 자장율사께서 소림굴을 본떠 이곳의 석굴을 수행처로 삼았을 가능성도 크기 때문이다.

이윽고 울산바위가 정면으로 올려다보이는 곳에서 내원암에서 담아 온 약수로 목을 축인다. 이제 한 굽이만 돌아서면 암자가 나타나는데, 거대한 울산바위에 압도되어 호흡을 고르지 않을 수 없다. 저 위에 올라서면 그리운 금강산과 만경창파 동해가 보인다는, 우리나라 바위 중에서 제일 크다는 울산바위가 아닌가.

"선종禪宗과 정토종淨土宗의 정신이 조화를 이룬 암자지요. 석굴 법당에는 아미타불이 모셔져 극락정토를 상징하는 공간이 되고 있습니다."

우연히 만난 암자의 한 스님의 설명이다. 스님을 만나 다시 힘을 내어 비탈길을 오르는데, 초파일에 건 연등을 이제야 떼내는 모습이 눈에 띈다. 흔들바위에 달라붙어 영차영차 힘자랑을 하고 있는 관광객들의 모습도 보이고.

거대한 목탁처럼 생긴 석굴 법당 안에서 독경 소리가 들려오고 있다. 좀 더 다가가 보니 입구에는 극락전極樂殿이라고 음각되어 있고, 석굴 법당 안의 공간은 의외로 넓다. 석굴 안이 어둑어둑하지만 촛불에 드러난 아미타불의 미소만큼은 또렷하다. 흔들바위를 굴려 버리겠다고 대드는 선남선녀들을 향해 웃고 계시는 것만 같다.

신흥사에서 흔들바위 가는 산길로 천천히 걸어 한 시간 정도의 거리에 있다. 관광지의 암자라 해서 꼭 실망할 것은 없다고 본다. 관광객들의 모습 속에서 잃어버렸던 자신을 발견할 수도 있기 때문이다.
계조암 033-636-7188

달빛 속 한 폭의 수묵화

두타산 관음암

손전등을 켜고 산길을 오르는 것도 색다른 맛이 있다. 낮의 풍경이 산의 겉모습이라면 밤의 그것은 산의 속모습이다. 전망대처럼 반반한 바위에 앉아 능선들을 바라보고 있노라면 농담濃淡이 각기 달라 수묵화를 감상하는 느낌이다. 더욱이 달빛에 드러난 두타산, 청옥산의 밤풍경인데 더 말해 무엇 하리!

두타산頭陀山. 우스갯말로 '머리를 무겁게 하는 산'이라고들 하지만 두타란 낱말은 불가에서 나온 말이다. 쉽게 풀자면 무소유의 정신으로 처절하게 수행하는 것을 두타행이라고 하는데, 석가모니 부처님의 십대 제자 중 한 사람인 가섭존자가 바로 두타 제일이었다고 한다.

산의 이름도 좋고 풍경도 그만인데, 다만 가는 길이 가팔라서 힘이 들 뿐이다. 게다가 밤길이어서 허방을 딛는 순간에는 천길 낭떠러지로 추락하고 말 것이고. 차라리 2백여 개나 되는 철제 계단과 구름다리가

산촌의 촌로처럼 정겹고 낯익은 관음암 장승

대관령에서 동해로 불어 가는 바람이 지나는 두타산 관음암

나그네의 마음을 안도케 한다. 저 아래가 그 이름도 유명한 무릉계곡…….

두타산의 관음암은 원래 조선 초의 운수승雲水僧 용비龍飛 스님이 은거하던 띳집이었다고 한다. 향토 사적기에 나오는 이 한 줄의 내용이 암자에 대한 기록의 전부다. 그만큼 암자를 창건한 용비선사가 철저하게 두타행을 하며 숨어 살았던 증거이리라. 구름같이 바람같이 떠돌다가 가랑잎처럼 흔적 없이 사라져 버리는 존재가 바로 운수승이기 때문이다.

용비선사도 밤길을 오르면서 노래를 불렀을까. 나그네는 숨이 차고 힘도 들어 두타산 허공에 떠오른 달을 보며 이런 노래를 중얼거려 본다. 어린 시절 자주 불렀던 동요이다. '얘들아 나오너라, 달 따러 가자. 장대 들고 망태 메고 뒷동산으로…….'

노래를 몇 번 불렀는지 모르겠지만 어느새 '150미터'라는 팻말이 보이고 좀 더 오르자 암자의 불빛이 나그네를 반긴다. 더욱더 다가가니 풍경 소리도 들리고 장승 옆에 있는 통나무 물통도 보이고.

표주박으로 대여섯 번이나 찰랑찰랑 넘치는 물을 들이켜자 가빠진 호흡이 진정되고 땀이 식는다. 잠시 후 객실에 들어 어떻게 잠에 곯아 떨어졌는지 모른다.

"이곳은 바람도 세고 기도 센 곳입니다. 암자의 기와들이 바람에 날려 가버릴 정도이니까요. 대관령에서 동해로 불어 가는 큰 바람이지요. 조금만 유심히 보시면 바람이 센 터라는 것을 금세 알 수 있을 겁니다."

야심한 시각이었으므로 다음날 아침에야 만난 한 스님의 설명이다.

바람이 센 곳이어서 그런지 암자의 기둥들이 작달막하다. 화장실도 허리를 잔뜩 구부려야 할 만큼 처마가 낮다. 지위가 어떠하건 겸손하게 고개를 숙이지 않고는 절대로 사용할 수 없을 만큼 낮은 화장실 문이다.

그렇다. 일단 고개만 숙이고 나면 비로소 암자의 가족들이 다가오는 곳이다. 차력사처럼 거대한 바위를 들어올려 버린 팽나무나, 초여름이면 꼭 잊지 않고 향기를 보내는 산목련이나, 비 온 뒤 두타산 바위에 새겨지는 수십 개의 실폭포나, 마당 끝에 일렬로 서서 핀 붓꽃도 암자의 가족이다.

삼화사에서 등산로를 따라 도보로 한 시간 30분 정도의 가파른 산길 끝에 있다. 참으로 목마른 사람에게는 물도 약이 되는 모양이다. 암자의 물을 몇 표주박 마시고 나니 전날 몸에 돋았던 두드러기가 사라져 버리지 않는가.
관음암 033-534-8600

경상북도

한밤 시냇물은
반야를 노래하다

암자로 가는 길은
한 사람이 겨우 오를 수 있는
좁은 산길이다.
어리석은 자와 어울리느니
차라리 혼자서 가는 게 낫다는
부처의 말씀을 떠올리게 하는
길이다.
- 본문 중에서

산구름에 둘러싸인 선방이여

팔공산 운부암

계곡의 물을 거슬러 올라가다 보면 암자가 꼭 나오게 마련이다. 옛 선사들은 산속에서 길을 잃은 사람에게 물을 따라가라水流而去고 했다지만, 신라 성덕왕 10년(711)에 의상대사가 창건했다는 운부암雲浮庵도 은해사銀海寺 앞을 흐르는 계곡을 거슬러 올라가다 보면 나온다.

큰 계곡은 아니지만 그윽한 게 정취가 느껴진다. 물과 함께 적막이 흐른다고나 할까. 백흥암과 갈라지는 치일저수지 옆의 산길로 들어서니 어느새 세속의 소란스러움이 뚝 끊어져 버린다. 귀에 들려오는 것은 돌돌거리는 물소리, 뻐꾸기 울음소리, 바람소리이다.

은해사 산내 암자인 운부암. 얼마나 깊은 산속에 있기에 '구름 위에 떠 있는 암자'라고 했을까. 그렇다면 이 산길이 구름 위로 가는 '문 없는 문'이라도 된다는 것일까. 이 적막한 산길을 걷다가 20대의 헌헌장부였던 향곡香谷과 성철性徹 스님은 장난을 자주 쳤다고 한다. 한번은

선객들이 청풍명월을 받아들이곤 했던 운부암 보화루

성철 스님이 먼저 장난을 걸었다. "저 나무 위에 누가 먼저 올라가는지 내기를 할까." 성철 스님의 말이 떨어지자마자 저돌적인 향곡 스님이 장삼을 훌러덩 벗어 놓고 잣나무를 올랐다. 그때 성철 스님은 "저기 처자가 온다!" 하고는 향곡 스님의 장삼을 든 채 암자로 줄행랑을 쳤다는 이야기다.

이 두 분들 말고도 해방 전 암자에는 눈 푸른 스님들이 많이 모여들었다고 한다. 운부란야雲浮蘭若라는 선원이 지금도 명맥을 유지하고 있지만 보물 제514호로 지정된 청동보살좌상만이 암자를 굳게 지키고 있는 듯하다. 이미 입적하신, 자신의 부모형제는 물론 친족 모두 마흔여덟 분이나 스님이 되어 감동을 주었던 일타日陀 스님의 운부암에 대한 모연문募緣文은 눈물겹기만 하다. 모연문이란 불자에게 좋은 인연을 맺어 주기 위한 방문榜文인데, 암자를 다시 일으켜 예전처럼 청풍납자들이 모여들게 하자는 스님의 간절한 호소가 담겨 있다.

"노장님의 회향처라고나 할까요. 일타 노장님께서 하신 살아생전의 말씀입니다만 선방이 개설되면 명당 중에 명당인 이곳에서 여생을 보내시겠다고 약속하셨습니다. 그러나 사람 발길이 뜸한 이런 산중에 선방 불사가 어디 쉽겠습니까?"

그래도 도량 정비의 책임을 맡은 소임자의 소원은 참선하는 스님들이 운부암을 찾아와 가부좌를 트는 일이라고 말하는 한 스님의 사심 없는 태도에 믿음이 간다. 운수승들이 구름처럼 몰려들어 암자명 그대로 '구름 위에 뜬 암자'가 될 것만 같다. 지금도 팔공산의 산자락들이 구

성철, 향곡, 일타 스님이 성불의 꿈을 키웠던 운부암

름처럼 암자를 빙 둘러싸고 있어 푸른 구름 위에 떠 있는 형국이지만.

원통전圓通殿을 참배하고 난 뒤, 'ㄷ'자 모양의 가람을 도니 아직도 무쇠솥을 걸어 둔 골방이 보인다. 이 의미심장한 골방이 바로 성철 스님이 묵었던 공간이란다. 방에는 아직도 6월의 죽순처럼 스님의 혼이 뾰족뾰족 살아 있는 듯한 기운이 느껴진다.

은해사에서 도보로 한 시간 정도의 거리에 있고 승용차로 갈 수 있다. 명당 자리어서 그런가, 스님의 배려로 암자에서 하룻밤 묵고 나니 아랫배에 불쑥 힘이 느껴지는 것이다.
운부암 054-335-9236

돌샘도 법문을 하는구나

팔공산 중암암

은해사의 산내 암자 중에서 가장 높은 곳에 위치한 기도처가 중암암中巖庵이다. 비구니스님들이 수도하고 있는 백홍암을 지나 산길 끝까지 오르다 보면 더 이상 갈 곳이 없게 되는데, 그곳에 바로 중암암이 있다.

거대한 바위 사이에 돌로 쌓은 작은 문 하나가 암자의 일주문인 모양이다. 돌문을 지나니 두리번거릴 새도 없이 법당 하나와 요사채가 나타난다. 낭떠러지 위에서 사랑이 깊은 연인처럼 법당과 요사채가 서로 껴안고 있는 형국이다. 낭떠러지 위의 터이므로 모든 게 앙증맞을 만큼 작다. 법당도, 요사채도, 정랑(淨廊: 화장실)도, 종鐘도, 샘도 아주 작다. 안내를 한 법운法雲 스님만 키가 장대 같다.

"여기 샘에 얽힌 전설이 있지요. 지금은 바위 사이에서 물이 흘러나오고 있지만 옛날에는 암자에 계시는 스님을 위해 쌀이 나왔다고 합니다. 날마다 한 사람 몫만 나왔다고 해요."

낭떠러지 위에 새집처럼 둥지를 튼 중암암

법당 측면에 있는 작은 돌샘을 가리키며 꺼낸 법운 스님의 이야기다. 아침마다 돌샘에서 한 사람 몫의 쌀이 나와 탁발하지 않고도 암자에서 수도했는데, 산적 한 명이 나타났더란다. 그런데 어느 날 아침 돌샘에서 쌀이 나오는 것을 목격하게 된 산적은 욕심이 나 스님을 죽였더란다. 그 산적은 쌀이 더 많이 나오게끔 돌샘의 구멍을 크게 뚫었는데, 그때 쌀 대신 피가 솟구쳤으며 그는 바위 사이에서 부는 석풍(石風: 돌바람)을 맞아 그 자리에서 즉사했다는 전설이다.

　물론 이 이야기는 욕심을 경계하라는 불가의 가르침이 전설 속에 녹아든 경우이리라. 불교의 초기 경전인 《수타니파타》에도 삼독三毒, 즉 악의 씨앗인 탐(貪: 욕심)·진(瞋: 성냄)·치(癡: 어리석음)를 경계하라는 부처님의 당부가 수없이 반복되고 있는 것이다.

　"이곳의 정랑도 특이하지요. 낭떠러지 위이므로 용변을 보는 즉시 사라져 버리거든요. 어디로 사라지는지 아무도 모른답니다."

　허공에서 공중분해되어 버리거나, 팔공산 어느 숲 속에 떨어져 푸나무들의 거름이 되어 버리겠지. 이곳 암자의 스님은 평생 정랑 청소를 하지 않아서 좋겠다.

　중암암의 역사를 정확하게 기록한 글은 없다. 다만 돌문 밖에 있는 석탑을 보아 오래된 암자일 거라고 추측해 볼 뿐이다. 석탑이 일주문격인 돌문 밖으로 나와 있는 것은 암자 터가 낭떠러지 위의 비좁은 터이기 때문이다. 쓰러져 나뒹구는 탑신塔身을 모아 엉성하게 세워 둔 것이지만 그래도 신도들에게는 소중한 기도의 대상이다. 탑기단塔基壇 위

중암암으로 들어가는 일주문 격인 돌문

법당과 요사채가 좁은 공간에 사랑하는 연인처럼 껴안고 있는 풍경

에 자신의 소원을 담아 쌓아 둔 조그만 돌멩이들이 간절해 보인다.

　암자의 산중 가족들을 보려면 암자 밖으로 나와야 한다. 암자가 비좁다고 탑도, 미로를 연출하고 있는 거대한 바위들도, 산의 정상에 선 만년송萬年松도 암자 밖으로 나와 산바람을 쐬고 있다.

은해사를 거쳐 치일저수지에서 백흥암 쪽 산길로 한 시간 40분 정도 걸으면 암자에 다다른다. 달라이 라마는 '자비'를 다른 말로 '친절'이라고 했던가. 친절한 노보살을 만나니 암자가 더 싱그럽게 보이고 암주스님의 인격이 짐작된다.
중암암 054-335-3380

아미타불의 영원한 미소 속에서
팔공산 백흥암

　암자 입구에 핀 장미꽃이 먼저 나그네를 반긴다. 귀한 꽃은 아니지만 산속 암자에서 본다는 것이 드문 일이다. 야생꽃이 아니라 입구 공터에 일렬로 심어진 것을 보니 살뜰한 손길이 느껴진다.

　신라 하대 무렵에 창건된 것으로 추측되는 백흥암百興庵은 비구니스님들이 수도하는 암자이다. 규모로 따지자면 여느 산중 암자보다 덩치가 커서 넉넉한 어머니 같은 모습이다. 보화루寶華樓만 해도 1백 명은 족히 법문을 들을 수 있을 만큼 크고, 맞은편의 극락전極樂殿도 몸채가 듬직하다.

　정오가 조금 지난 시각에 스님을 만나려고 했지만 아무도 볼 수 없어서 다시 찾아온 것이 저녁 무렵이다. 선방인 심검당尋劍堂이 암자 건물들의 가운데쯤에 있으므로 낮에는 승속僧俗을 불문하고 누구라도 얼씬거릴 수 없다.

비바람에 탈색되어 단청이 이끼처럼 은은한 극락전(보물 제790호) 안과 수미단(보물 제486호)

심검당. 자비를 말하는 불가에 이처럼 살벌한 단어도 없을 듯하다. '칼을 찾는 집'이란 말이니 그렇지 않은가. 그러나 여기서의 칼은 모든 번뇌와 무명(無明: 어리석음)을 자르고, 마음에 낀 업까지도 잘라 버리는 깨달음을 위한 방편이다. 그런 칼을 하나 얻고서야 가부좌를 풀겠다는 심검당의 비구니스님은 모두 26명이나 된다고 한다.

선방의 스님들이 포행(布行: 휴식)하는 저녁의 한때지만 그래도 낮 시간의 긴장이 극락전 앞마당을 가득 메우고 있다. 잠시 쉬는 스님들의 걸음걸이는 안행雁行이라 하여 소리 없이 나는 기러기들의 행렬을 연상시키고, 선한 눈망울에는 보석 같은 침묵이 가득하다. 이런 공기 속에서도 스스럼없는 식구가 있다면 통통하게 생긴 두 마리의 견공이다.

"팔십육년도에 탱화를 도둑 맞고 난 후, 밤마다 보초를 서는 것도 모자라 개를 기르기 시작했지요. 이름은 청용이, 홍동이라고 그래요. 도둑한테는 염라대왕이지만 우리들한테는 천진불天眞佛이지요."

호동이와 청용이는 선방에까지도 겁없이 들락거린단다. 눈총을 주면 물러가 있다가도 부르면 다시 꼬리를 흔든다는 한 스님의 말이다. 그러나 개들의 재롱은 잠깐이고, 주지스님을 비롯해서 수행해야 할 스님들이 밤마다 방범대원처럼 암자의 보물들을 지키느라고 정말 힘이 들었다고 한다. 비바람에 탈색되어 단청이 이끼처럼 은은한 극락전(보물 제790호)과, 법당 안의 아미타삼존상을 받들고 있는 수미단(보물 제486호)을 보호하느라고 길짐승까지 수고하는 현실이고 보면 '보물 속에서 살기 힘들다'는 한 스님의 고백이 절로 이해가 된다. 수미단의 층마다 음각

극락전 앞마당에 켜켜이 쌓인 침묵

과 양각 또는 투각으로써 새겨진 봉황·공작·꿩·용·잉어·개구리·동자·코끼리·사자·사슴·모란 등에게 염치없는 인간을 대신해서 사과하고 싶다.

'보물 속에서 살기 힘들다'고 하더라도 백흥암 스님들이 선방에서 참선 정진을 하는 것은 아미타불의 영원한 미소 속에서 살고 싶기 때문이 아닐까.

은해사 위의 치일저수지를 지나 왼쪽 산길로 40여 분 걸어가다 보면 '대 그림자 뜰을 쓸어도 먼지 하나 일지 않는' 청정한 백흥암에 다다른다.
백흥암 054-335-2988

한지에 배는 먹물 향기

팔공산 성전암

파계사 왼편 길로 오르다 보면 승용차가 더 이상 갈 수 없는 언덕이 나온다. 거기서부터 암자까지는 걸어서 갈 수밖에 없는 외길이다. 낭떠러지 위에 암자가 있으므로 다른 산길이 예부터 나 있지 않다. 성전암 聖殿庵을 창건했다는 조선 숙종 때의 용파龍坡 스님도, 이 외길마저 철조망을 쳐버렸던 성철 스님도 이 산길을 걸어 올랐으리라.

한 사람이 겨우 오를 수 있는 좁은 산길이다. 어리석은 자와 어울리느니 차라리 혼자서 가는 게 낫다는 부처의 말씀을 떠올리게 하는 길이다. 이 암자 가는 길만큼은 '무소의 뿔처럼 혼자서 가라'는 듯 산길이 비좁다.

이제 성전암에는 성철 스님의 철조망은 없다. 사람들은 성전암을 찾아와 이런 질문을 먼저 한다고 누군가가 전해 준다.

"성철 스님의 철조망은 어디 있습니까? 지금도 산비둘기가 살고 있습니까?"

철조망이란 당시 성철 스님께서 자신을 담금질하기 위해 그 누구도 만나지 않겠다고 암자 주위에 둘러쳤던 방책이었고, 산비둘기는 스님이 주는 콩을 먹으며 암자에서 함께 살았던 가족이었다고 한다. 산비둘기는 스님이 "구구야" 하고 부르면 방에까지 들어오곤 하였는데, 법정 스님은 자문을 구할 일이 있어 찾아갔다가 자신의 어깨에도 앉는 산비둘기를 보고 성철 스님에게 친화력을 느꼈다고 한다.

지금도 성철 스님의 철조망이나 산비둘기를 찾으려고 하는 것은 부질없는 짓이다. 부처도 죽이고 조사도 죽이라는, 살불살조殺佛殺祖하라는 불가의 준엄한 문법이 있잖은가. 철조망은 성철 스님의 가풍일 뿐, 흉내를 내는 수행은 바보 짓일 터이다. 아무리 거룩한 부처나 고승이라도 불가에서는 극복의 대상일 뿐이니까.

지금 암자에는 19년 간 동구불출洞口不出이란 수행을 마친 철웅哲雄 스님이 또 다른 가풍을 펼쳐 보이고 있다. 자신은 철저하게 동구불출의 수행을 했으면서, 스님의 가풍은 그 누구라도 암자를 찾아오면 격의 없이 맞이해 주고 있는 것이다.

방으로 들어가 암자의 창건 연대를 묻자, 스님은 성전암의 창건주인 용파 스님 이야기부터 먼저 들려준다. 숙종 때의 일로 용파 스님은 한성으로 올라가 남대문 앞에서 3년 간 기도했다고 한다. 승려들이 곧잘 부역에 불려 나가 수도할 수 없기 때문이었다. 3년째 되는 날, 숙종은 꿈에 남대문 앞에서 용이 승천하는 꿈을 꾸고는 의전별감을 보냈다고

성철 스님이 철조망을 치고 살았고 19년 간 철옹 스님이 동구불출 수행을 마친 성전암

성전암에서는 담쟁이도 동구불출하네

한다. 의전별감 편에 세자를 갖게 해달라는 숙종의 부탁을 받은 용파 스님은 문수암으로 가서 수락산 내원암에 있던 농산聾山 스님에게 서신을 띄웠다고 한다. 그리고는 70일 간 두 스님이 각자 머무는 암자에서 함께 기도한 끝에 숙종의 원을 풀어 주고 승려들의 부역 문제를 해결했다는 이야기다(일설에는 농산 스님이 기도를 마치고 나서 바로 입적에 들었는데, 그때 스님의 혼이 왕비의 몸속으로 들어가 세자가 되었다고 한다).

철웅 스님은 상좌더러 먹을 갈게 하고는 붓을 들어 선필禪筆을 보여준다. 수류화개水流花開, 본래무물本來無物, 화경청적和敬淸寂 등등 진리의 경지를 나타내는 말들이다. 깊은 뜻을 알 리 없는 나그네에게는 한지에 배는 먹물의 향기가 그 어떤 법문보다 좋다. 구름 한 점 없는 푸른 하늘을 보자마자 가슴에 '청적淸寂'이 인다. 다인茶人들이 차 한잔을 마시면서 이상으로 삼는 경지가 바로 화경청적이라고 하는데, 지금 저 하늘이야말로 '청적'이 아닐까 싶다.

파계사 왼편의 포장된 길을 조금 오르면 주차장이 나타나고 거기서부터 가파른 산길을 타고 40분 정도 걸으면 암자에 이른다. 산길이 하나뿐이므로 암자를 찾아가기가 쉽다.
성전암 053-982-3600

화두란 정신의 큰 지우개

사불산 윤필암

　여름 소낙비가 내린다. 우산을 펴서 산길을 오르지만 바지가 금세 젖
어 버린다. 다행히 입구에서 고려 충렬왕 때 지어졌다는 윤필암閨筆唵
까지는 산길이 잘 닦여 있고, 암자 가는 길치고는 포장된 큰 도로에서
거리가 짧다. 나그네는 부근에 식당이 단 한 군데도 없었으므로 비를
맞는 것보다는 허기를 참는 게 고역이었다.

　암자의 처마 밑에서 내리는 비를 피하는데, 사불산四佛山이 가깝게 다
가선다. 저 너머가 대승사이리라. 사불산이란 산의 정상에 사불四佛이
새겨진 암석이 있기 때문에 그렇게 이름 붙여졌을 터. 올라가 확인할
수는 없지만 《삼국유사》에도 나오고, 윤필암 사불전四佛殿이 여느 법당
과 달리 무불無佛인 것을 보면 틀림없는 것 같다.

　사불전에서 멀리 보이는 사불에 참배하고 내려오자, 한 비구니스님
이 점심 공양은 했느냐고 묻는다. 그래서 스님이 안내하는 부엌으로 가

148

앞산에 네 분의 부처님이 있어 윤필암 사불전은 무불 법당이다

사불선원의 화두가 소용돌이치고 있는 윤필암

밥과 따뜻한 국물 앞에 앉아 합장을 해본다. 나그네를 위해 수고하여 데운 국물만큼이나 따뜻한 마음씨가 엿보이는 비구니 수행자이다. 바로 그런 마음을 싹틔우기 위해 수행하는 것이 아닐까.

윤필암은 청담 스님의 둘째 딸이 출가 수행했던 암자로 유명하다. 청담 스님은 해방 전 한 사찰의 초청으로 진주로 내려가 거기에서 법문을 하게 된다. 그런데 스님이 법문을 한다는 소문을 듣고 속가의 홀어머니가 오신 것이었다. 법문이 끝나자 스님의 어머니는 스님의 장삼 자락을 붙잡고 통사정을 한다. 유언할 것이 있으니 속가로 가자고 졸랐다. 할 수 없이 스님은 속가로 가게 되고 어머니의 유언 아닌 유언을 듣게 된다. 그것은 첫째가 딸이므로 손孫이 끊어지지 않게 출가 전의 아내였던 차씨 부인과 하룻밤만 자고 가라는 것. 효심이 깊었던 스님은 어머니의 청을 차마 거절하지 못하고 만다. 바로 그 자식이 청담 스님의 둘째 딸이 됐고, 오늘날 봉녕사의 묘엄妙嚴 스님이다.

그런데 둘째도 딸이 되었으니 속가 어머니의 꿈은 이루어지지 못하고 만 셈이었다. 속가 홀어머니는 늘그막에 청담 스님에게나 차씨 부인에게 죄를 많이 지었다며 자책했다고 한다. 그런 참회 끝에 노파도 자식인 청담 스님의 안내를 받아 김천 직지사로 가 성인性仁이란 법명을 받아 출가했다는 사연이다.

윤필암은 선방인 사불선원四佛禪院이 있는 암자라서 그런지 긴장된 분위기가 느껴진다. 참선하는 스님들이 즐겨 드는 무無자 화두가 공기 자체에 가득 차 있다고나 할까. 무라! 무라! 하는 외침이 암자의 고요 속에 소용돌이치고 있는 것 같다. 세속의 저잣거리에서 찌든 몸과 영혼이 그런 공기에 세척되는 느낌이 든다. 무란 우리들의 영혼에 때처럼 낀 지독한 찌꺼기들을 말끔히 지워 버리는 정신의 큰 지우개 같은 것이 아닐까.

대승사를 가다 보면 왼편으로 가는 산길이 나오는데 암자의 출입을 통제하는 곳에서 10분쯤의 거리에 윤필암이 있다.
윤필암 054-552-7110

차별 없는 무등의 세계

사불산 묘적암

산길을 가다 보면 만나는 것들이 많다. 그중에서도 지친 길손들에게 가장 반가운 것은 옹달샘이 아닐까. 묘적암妙寂庵을 오르는 길에서도 석간수石澗水가 고인 반야샘을 마주치게 된다.

표주박으로 물 한 모금을 마시고 나니 바로 지척에서 달맞이꽃들이 인사하고 있다. 샘 주위라서 공기가 습해 저물녘에 꽃문을 열기 시작하는 달맞이꽃들이 벌써부터 활짝 만개해 있다.

묘적암은 암자 이름 그대로 묘하고 적적한 은둔지 같은 산골에 있다. 반야샘을 조금 지나 모퉁이를 도니 그대로 불이문不二門이고 암자가 아닌가. 꽃처럼 붉은 봄단풍나무가 수문장처럼 서 있고, 그 밑에는 산토끼 한 마리가 아무 스스럼없이 껑충거리고 있는 게 눈에 띈다. 스님도 봄단풍나무도 산짐승도 아무 차별이 없는 무등無等의 세계에 살고 있다는 듯이.

무엇보다도 묘적암이 유명한 것은 나옹懶翁 스님이 출가했던 암자이기 때문이다. 두말할 필요 없이 나옹 스님은 고려 말 보우普愚 스님과 함께 조선 불교의 머릿돌이 되었던 여말 최고의 선승이 아닌가.

"나옹 스님은 경북 영덕의 한 시골 마을에서 살다가 스물한 살 때 친구의 돌연한 죽음을 목격하고는 이곳 묘적암으로 출가했다고 합니다. 스님이 입적했던 곳은 쉰다섯 때의 일로 여주 신륵사이고요."

우연히 암자까지 동행하게 된 한 젊은 스님의 설명이다. 좋은 수행처를 찾고 있다는 그 스님은 뜻밖에도 나옹 스님에 대해서 이런저런 얘기를 들려준다. 당시 묘적암의 요연了然 스님을 스승으로 삼았던 나옹은 더 배울 것이 없게 되자 회암사로 간다. 회암사에는 일본의 고승 석옹石翁이 와 있었는데, 거기서도 나옹은 2, 3년 만에 요달해 버리고 대오를 한다. 그래서 이번에는 원나라의 연경으로 가서 인도 승려 지공指空의 문하로 들어간다.

그러나 고려의 수행승 나옹은 지공으로부터도 3년 만에 공부를 끝내고 귀국해 버린다. 어떤 고승도 천재 나옹에게는 3년 이상을 가르쳐 줄 수가 없기 때문이었다. 어느새 원나라 순제順帝마저 나옹 스님을 존경하여 연경의 광제선사廣濟禪寺라는 새 절에 주지로 임명할 정도였다. 나옹은 할 수 없이 광제선사로 갔다가 다시 귀국하여 오대산으로 들어가 은거하지만 공민왕의 간청에 의해 회암사 주지 등을 지내다가 50세에 이르러 왕사王師와 조계종 대종사大宗師를 맡게 된다.

나옹은 늘 묘적암 시절을 그리워했다고 한다. 명예를 누리고자 출가

여말 최고의 선승 나옹 스님이 인생이 무엇인지 번민하다 출가했던 묘적암

반야샘 옆에 있는 범종 모양의 나옹 스님 부도

한 것이 아니라 산승山僧으로서 자유인이 되고 싶어했기 때문이었다.
묘적암 시절을 떠올리며 읊었음 직한 그의 이런 선시도 출가의 초심이
무엇이었는지 짐작케 한다.

흰 구름 무더기 속에 초막이 있어
앉아 눕고 거닐으니 스스로 한가하다.
차가운 시냇물은 반야를 노래하고
맑은 바람, 달과 어울려 온몸이 차다.

그렇다. 흰 구름 무더기 속에 있는 초막이 바로 그가 늘 고향처럼 여겼
다는 묘적암이 아닐 것인가. 하산길에야 들러 본 반야샘 옆에 자리한 부
도지浮屠址. 범종 모양의 위엄 있는 부도가 나옹 스님의 것인데, 돌에 낀
허연 이끼 자국들이 마치 오래된 단청을 연상케 한다. 세월이란 시간의
손이 수백 년 동안 그린 듯 흰 구름 문양들이 부도에 아로새겨져 있다.

윤필암 가는 길에서 왼편의 산길로 30분쯤 올라가면 먼저 산길 오른편 숲 속에 나옹 스님의 부도탑이 나오
고 조금 더 오르면 물맛이 좋은 반야샘이 나온다. 거기서 조금만 더 가면 암자에 이른다.
묘적암 054-552-7006

구르는 가랑잎도 묵언 중이네

운달산 금선대

운달산雲達山이란 신라 진평왕 때 운달雲達 스님이 수행처로 자리 잡으면서 지어진 산 이름이다. 운달 스님은 불가의 말로 산을 연 개산조開山祖가 된다. 해발 1천 미터가 넘는 산이 비로소 이름을 얻었으니 운달 스님의 공덕은 그것만으로도 크지 않을 수 없다.

산의 정상에 구름처럼 머물러 있는 금선대金仙臺 역시 진평왕 9년(587)에 운달 스님이 문경 땅을 찾아와 터를 잡은 곳이라고 전해진다. 금선이란 금색선인金色仙人의 준말로서 부처님의 별호別號라는 김룡사 주지였던 자광滋曠 스님의 설명이다.

영남 일대에서 법문 잘하기로 소문난 자광 스님을 먼저 만나 뵙고 암자를 오르는 것도 행운이다. 듣는 사람에 따라 다르겠지만 스님의 법문은 수풀을 흔드는 서풍西風 같기도 하고, 김룡사 옆구리를 씻으며 흐르는 개울물 소리처럼 다정하기도 하다. 나그네의 귀에 아직도 맺혀 있는

운달산의 정상에 구름처럼 머물러 있는 금선대

산새들의 무정설법을 들으며 묵언 중인 운달산 금선대

법문 한 구절은 스님이 직접 창을 뽑듯 왝왝왝! 하고 흉내 낸 장천長天을 나는 기러기 울음소리이다.

금선대 오르는 길에도 바란 것은 아니지만 작은 기쁨이 있다. 땀이 비 오듯 쏟아질 무렵에 화장암華蔣庵이란 암자가 문득 나타나 쉬어 갈 수 있음이다. 문을 걸어 잠그고 수행하는 곳이기에 문틈으로 암자 안을 들여다볼 수밖에 없지만 그곳의 공기도 향기롭다. 돌담에 자생하는 담쟁이 잎들도 눈을 청청하게 맑혀 주고.

운달산 자체가 토산土山이라 산길이 솜처럼 부드럽지만 힘들기는 마찬가지이다. 또 한 번 땀으로 목욕하고는 암자에 다다른다. 김룡사에서 3킬로미터의 거리라고 하니 전문 등산인들도 결코 한걸음에 내닫지는 못하리라.

어느새 정오가 되어 햇살이 폭포수처럼 쏟아져 내리고 있다. 이런 날에 스님은 어디로 출타한 것일까. 햇살이 난반사하는 암자가 나그네를 눈부시게 하고, 갑자기 허탈감에 빠져 들게 한다. 기둥에 붙어 있는 묵언이란 글씨와 아직도 사용하는 지게가 암자에서 수행하는 스님의 체취를 느끼게 할 뿐이다. 빈 마당에 구르는 가랑잎도 묵언 중이고.

할 수 없이 부엌으로 가 요기나 하고 하산하려 하지만 그것도 내키지 않는다. 물론 밥값은 계산해 놓고 가려 해도 갈등이 온다. 쌀은 몇 됫박이 될 것 같으나, 차가운 물통 위에 뜬 스테인리스 반찬통에는 깍두기가 1인분만 남아 동동 떠 있다. 잠시 갈등을 청산하고 부엌에서 나와 암자 주위를 둘러본다. 그제야 스님을 대신해서 암자 주위의 포근한 풍광이 나그네를 맞이하는 것 같다.

　그렇다. 암자에 돌아온 스님이 공양하려고 밥을 지은 다음, 반찬통을 열었을 때 비어 있다면 얼마나 실망하겠는가! 물만 마시고 하산하는 길에 나그네는 문득 한 생각에 사로잡힌다. 어디서 힘이 솟아났는지 다리에 힘이 생기고 입가에는 저절로 미소가 지어진다. 남의 사정을 헤아려 그 편에 서서 마음을 주는 것도 자비심이 아닐까 싶다.

김룡사에서 운달산 정상으로 가는 산길로 한 시간쯤 걸리는 거리에 있다. 김룡사 쪽에서 어어교를 건너지 말고 계속 등산길을 따라가다 화장암의 왼편 산길로 가면 된다.
김룡사 종무소 054-552-7006

도선국사가 어깨춤을 춘 도량

불령산 수도암

　암자의 수명을 결정짓는 요인 중에 하나가 샘의 수량이다. 잘 나오던 물이 마르게 되면 결국 암자도 어느 때인가는 폐사돼 버리고 말기 때문이다. 나그네가 확인한 사실도 그렇다. 역사가 깊은 암자일수록 샘의 수량이 풍부하다.

　신라 헌안왕 3년(859)에 도선국사가 창건한 수도암의 물도 마찬가지다. 해발 1천 미터의 고지에 샘이 있지만 1천1백 년 동안 단 하루도 마른 적이 없다고 하니 단순한 물이 아니라 생명수라는 느낌이다. 그러니 암자는 수행승들이 끊이지 않고 찾아 들어 번창할 수밖에.

　풍수와 선을 한 맥락으로 보고자 했던 도선국사도 이 암자 터를 발견하고서는 너무 좋아서 1주일 동안이나 덩실덩실 어깨춤을 추었다고 하니 명당임에 틀림없다. 수도하기에 이보다 더 좋은 터가 없을 것이라고 산명을 수도산이라 하고, 암자를 수도암이라고 명명한 것을 보면 도선

덕유산과 가야산의 중간 지점에 자리한 수도암

신라와 고려, 그리고 조선시대까지 세 시대의 다른 부처님을 모신 수도암

국사의 심정을 이해할 만하다.

암자에서 바라보면 멀리 파도처럼 한줄기 능선이 지나가는데, 수도 산은 덕유산과 가야산의 중간 지점에 등대처럼 자리하고 있다. 수도암 의 특산물인 아침 안개가 걷히고 나면 해는 가야산 쪽에서 불끈 치솟아 오른다.

"우리 수도암은 세 시대의 세 부처님을 함께 모시고 있지요. 대웅전 의 신라 부처님, 약광전의 고려 부처님, 나한전의 조선 부처님이 바로 그렇습니다. 이런 특이한 암자를 다른 데서 보신 적이 있습니까?"

정진하는 스님들을 뒷바라지하는 한 스님의 자랑이다.

"나한전에 나한羅漢을 모신 것은 무학대사가 권유를 하고, 이성계가 지시를 해서 그랬다고 합니다. 이때부터 나한전이 유행했다는 일설도 있고요."

대적광전大寂光殿을 들어가 보물 제307호로 지정된 비로자나毘盧遮那 돌부처님을 뵌다. 과연 돌부처님에게도 통일신라의 위풍이 서려 있음 이 느껴진다. 얼굴에는 위엄이 서려 있고, 어깨는 전륜성왕처럼 당당한 것이다. 뿐만 아니라 약광전藥光殿에도 들러 약사여래藥師如來 돌부처님 (보물 제296호)을 친견한다. 약사여래란 요즘으로 치자면 무료로 병을 고 쳐 주는 고마운 의사이다. 그래서인지 대적광전의 부처님보다도 친근 하게 다가오는 것 같다. 통일신라의 기세등등함이 사라지고, 고려 초기 인 10세기경의 평온함이 단아하게 스며 있다.

이윽고 계단을 내려와 나한전에 들르니 고려 왕조를 무너뜨린 태조

이성계가 문득 떠오른다. 새로운 왕조를 보전하기 위해 수도암의 나한
은 물론 심심산골의 나한까지 동원한 그의 집념이 얼마나 깊었는지 짐
작이 간다.

이성계의 그런 처세는 오늘을 사는 우리에게도 시사하는 바가 적지
않다. 비록 무장武將이었으나 원한을 사는 칼에만 의지하지 않고, 덕德
을 키우는 종교의 힘까지 끌어들인 점이다. 그런 마음이 바로 5백 년 조
선의 든든한 머릿돌이 되지 않았을까.

김천시 증산면 청암사 입구에서 수도리 가는 길로 한 시간쯤 걸으면 암자에 이른다. 암자까지 승용차가 오
르도록 길이 나 있다. 그러나 암자의 수행승들은 한사코 길이 닦여지는 것을 경계하는데 왜 그러는지 이해
해야만 될 것 같다.

수도암 054-437-0700

경상남도

마음의
초막 한 채를 세우고

호젓한 산길로 들어서자
어디서 날아왔는지 꿩 한 마리가 길을 안내하듯
종종종 앞서 가고 있다.
알라잡이를 하는 꿩을 보자
갑자기 다리에 힘이 솟는다.
동행하는 사람들도 마치
암자의 관세음보살님이 보낸
즉하 친령을 만난 듯한 얼굴이다.
- 본문 중에서

소쩍새 슬피 우는 '삼십리절'

화왕산 삼성암

　싸리꽃이 은모래를 뿌린 듯 지천으로 피어 있는 산자락이다. 늘 향불이 타오른다 하여 이름 붙여진 화왕산火旺山 자락에 핀 싸리꽃 무더기가 눈부시다. 삼성암三聖庵은 바로 그런 산의 7부 능선쯤에 제비집처럼 자리 잡고 있다. 사리마을 사람들은 농사일에 시달리다가도 밤이 되어 암자의 등불을 보게 되면 작은 위안을 받는다고 한다.

　마을 사람들은 암자를 별명으로 '삼십리절'이라 부른다. 마을에서 멀리 떨어져 있다는 뜻으로 그렇게 부르는 말 같지만 사실은 '삼신 할매절'이라는 말에서 유래됐다고 전한다. 두말할 것도 없이 시골 사람들에게 관세음보살과 삼신 할매는 가장 친근한 기도의 대상이다.

　호젓한 산길로 들어서자 어디서 날아왔는지 꿩 한 마리가 길을 안내하듯 종종종 앞서 가고 있다. 길라잡이를 하는 꿩을 보자 갑자기 다리에 힘이 솟는다. 동행하는 사람들도 마치 암자의 관세음보살님이 보낸

물고기 형상을 한 엄마 목탁과 아기 목탁

축하 전령을 만난 듯한 얼굴이다.

이 부근 영산靈山은 고려 공민왕으로부터 청한거사淸閑居士라는 법호를 받았던 신돈辛旽의 고향이기도 하다. 영산의 옥천사 사비寺婢 아들로 태어나 동자승 시절을 보낸 신돈이므로 이곳 삼성암에도 들르지 않았을까. 어린 신돈은 이 산길을 걸어 올라가 삼성암의 관음보살님에게 자신의 소원을 빌었을 것이다. 당시 어린 그의 눈과 가슴에 못이 박힌 것은 지방 관리와 토호들의 횡포가 아니었을까. 이때 그의 개혁 사상은 알게 모르게 싹텄을 것이 틀림없고.

시골에서, 그것도 노비의 피가 섞인 출신으로서 개경으로 나아가 왕사王師가 되고, 환속하여서는 토지개혁 관청인 전민변정도감田民辨正都監의 판사判事가 되어 농민의 권익을 보호하려던 그가 아니었던가.

조선의 유학자들 손에 씌어진 고려사에 나오는 신돈은 사사건건 지극히 부정적인 인물로 기록되어 있다. 지금도 역사의 무거운 칼을 목에 쓰고 있는 비극의 주인공인 셈이다. 고려 때는 기득권층에게 유배지에서 참형을 당하였고, 조선 때에는 유학자들에게 그의 명예가 다시 부관참시剖棺斬屍를 당한바 왕조가 바뀌면서 두 번씩이나 죽은 인물이 신돈이다.

대나무 잎들이 서걱이는 소리에 잠깐 동안의 상념에서 벗어나자마자 바로 암자의 한편이 보인다. 다시 암자 마당에 다다르니 다도해 같은 창녕 들판에 섬 모양의 낮은 산과 구릉들이 노을 속으로 접혀지고 있고.

"우리 암자는 통도사 삼대 기도처로서 관음기도도량이지요. 기도의

은모래 같은 싸리꽃 무더기에 둘러싸인 삼성암

기운이 암자 터에 향기처럼 배어 있음을 느껴요. 새벽에 저절로 잠에서 깨어나는 것도 그런 기도 기운 때문이지요. 신새벽이 되면 법당 쪽에서 '스님, 스님' 하고 부르는 소리가 나고, 방 천장에서 목탁 소리가 나기도 하거든요."

대학에서 성악을 전공한 후, 지금까지 테너 가수로서 1백 회 이상의 음악회에 참여했다는, 안내를 해준 시명是名 스님의 설명이다.

시간 가는 줄 모르고 스님의 이야기를 듣다 보니 어느새 캄캄한 밤이다. 가까운 계곡에서는 소쩍새가 울어 예고 있고.

누군가가 소쩍새로 환생하여 옹이로 박인 한恨을 암자의 관세음보살님한테 소쩍소쩍 토해 내고 있는 것은 아닐까.

창녕군 계성면 소재지에서 승용차로 20분 정도 걸린다. 도보로는 청매화차로 유명한 사리舍利 길가에 있는 다천산방에서 40여 분 정도 걸린다.
삼성암 055-521-0019

달마는 왜 서쪽에서 왔는가

재약산 내원암

재약산에 있는 내원암內院庵은 표충사의 산내 암자이다. 그러니 먼저 표충사를 둘러보지 않을 수 없다. 큰절에 들어서자마자 나그네에게는 서래각西來閣이 먼저 보인다. '서래'란 '달마는 왜 서쪽에서 왔는가'라는 선가에 전해 내려오는 화두이다.

두말할 것도 없이 서래각은 선가의 암호 같은 화두를 형상화한 공간인 셈이다. 방문을 여닫으면서도 기둥을 보면서도, 자나깨나 숨을 쉬는 한 진리를 밝히고야 말겠다는 수행자의 의지가 밴 당호이다.

일제 시대에 판사 출신의 효봉曉峰 스님이 자신의 죽음 자리를 왜 서래각으로 삼았을까 하는 의문 하나가 풀린다. 한번 화두를 들면 엉덩잇살이 짓물러질 때까지 물러서지 않는다 하여 '절구통 수좌'란 별명이 붙은 스님의 집념을 헤아려 볼 수 있기 때문이다. 일제 때 한 죄인에게 사형선고를 내린 후 인간적 갈등으로 출가를 결행한 스님이 아니었던

산벚나무 울창한 재약산의 산자락

가. 출가 전 스님의 화두는 '인간이 인간을 과연 심판할 수 있는가'였다고 한다. 그 후 스님은 자신의 생生과 사死마저도 용광로 같은 무無자 화두 속에 녹여 버리고 만 것이다.

스님의 열반송은 이렇다.

내가 말한 모든 법
그거 다 군더더기
오늘 일을 묻는가.
달이 일천강에 비치리.

吾說一切法 都是무駢拇
若問今日事 月印於千江.

서래각을 나와 산길로 들어서니 스님의 사리탑 앞에 선 한 그루 산복숭아나무 꽃이 홀로 붉다. 삼동三冬의 추위를 이겨 내고 붉디붉은 꽃을 피우고 있는 산복숭아나무가 마치 스님의 사리탑 앞에서 꽃 공양을 올리고 있는 듯한 정경이다. 암자로 그냥 지나가기가 무엇해 스님의 사리탑을 한바퀴 돌고 나오니 재약산이 한결 더 가까이 다가서는 기분이다. 바람도 없는데 산벚나무 꽃잎들이 나풀나풀 떨어지고 있다.

암자에 다다라서도 먼저 눈에 띄는 것은 햇살을 받아 투명해진 뜨락의 철쭉꽃과 배꽃, 그리고 대숲 가장자리의 황매화黃梅花 같은 꽃들이다. 암자는 적막의 꽃이 피어 고요하기만 하다. 암주庵主를 찾아보지만

선객들로 인산인해를 이루었던 내원암 법당

출타 중이어서 법당의 부처님조차 고독해 보인다. 암주는 이 봄날 꽃
구경을 나가 버린 것일까.

동행한 스님의 말로는 통도사 조실을 지낸 해산海山 스님이 계실 때는
선방으로서 활기가 넘쳤다고 한다. 온 산이 헐벗은 겨울에도 암자만큼은
선객들이 모여들어 기상이 넘쳐흘렀다는 것이다. 그러나 지금은 암자의
편액 옆에 붙은 제일선원第一禪院이라는 구절이 허허롭기만 하다.

"저 아래 해산 스님의 부도탑이 있습니다만 그 스님 생전만 해도 선
객들이 모여들었다고 그래요. 경봉 스님과 우정이 두터웠던 효봉 스님
이 서래각에 계실 때도 그 영향이 컸었고요."

동행한 스님은 나그네가 아쉬워하자 말머리를 돌린다. 시절 인연이
도래하면 내원암이 다시 선방으로서 재약산의 산벚나무처럼 꽃을 활짝
피울 것이라고.

표충사에서 왼편 산길로 2백여 미터 떨어진 거리에 있다. 효봉 스님에 대해서 더 자세히 알고 싶다면 법정
스님이 쓴 효봉 스님의 일대기인 《달이 일천강에 비치리》를 읽어 보면 도움이 될 것이다.
내원암 055-352-1155

숲이 영원한 생인 것은

지리산 상무주

영원사靈源寺 가는 길은 찻길이 나 있지만 가파르고 험하다. 게다가 승용차가 울퉁불퉁한 돌길을 통과할 때는 조심조심 운전해야만 한다. 갑자기 내린 폭우로 흙이 씻겨 가버린 채 호박만 한 바위들이 여기저기 드러나 있기 때문이다.

산행은 영원사에 도착하기 전, 산 초입에서부터 시작된다. 두말할 필요 없이 산의 지름길이란 편안함을 염두에 두지 않고, 시간을 단축하는 용도의 길이기 때문에 바위투성이거나 경사가 아주 심하다. 시간이 단축되는 그만큼 비례해서 땀을 흘려야 하는 것이다.

큰 산들을 오를 때마다 경험하는 고충 중에 하나는 해발 7백 미터부터는 기상의 변화를 예측할 수 없다는 점이다. 해발 1,200미터의 상무주上無住 가는 길도 그렇다. 예보와 상관없이 비를 뿌렸다가는 또 따가운 햇살을 내리쏟는다. 냉탕과 온탕을 넘나드는 기상 변화이다. 지리산 산

고려 중기 보조국사가 창건하고 깨달음을 얻은 상무주

신 할멈이 낯선 침입자에게 겁을 주려고 그러는 것일까.

상무주는 고려 중기에 보조국사普照國師가 창건하고, 스님이 대오大悟를 한 암자이다. '대오' 란 큰 깨달음을 말하는데, 어느 날 중국의 대혜보각大慧普覺선사 어록을 보다가 문득 '선이란 고요한 곳에도 있지 않고, 또한 시끄러운 곳에도 있지 않고, 사량분별思量分別하는 그 어느 곳에도 있지 않다' 라는 구절에서 대오했다고 전해진다.

이윽고 암자에 다다르자 다시 햇살이 쏟아져 내린다. 암주인 듯한 스님이 평상에 씌웠던 비닐을 걷고 나그네를 손짓으로 부른다. 암자를 찾아온 사람들은 여남은 명. 비를 피해 온 등산객이거나 스님의 법문을 들으러 온 사람들이리라. 노보살이 웃으며 한마디한다.

"오늘은 스님 것만 아니라 사람들이 많이 올 것 같아 공양을 많이 준비했십니더."

나그네는 그 말에 잔잔한 여운을 느낀다. 수행승의 끼니를 보살피는 일도 도 닦는 수행이라는 말이 있다. 노보살의 짐작이라지만 평상에 내온 음식이 여남은 명의 분량이다.

이때까지 침묵으로 일관하던 스님이 삶은 햇감자와 묵은 감자를 한 개씩 주면서 자신의 마음을 전해 온다. 말보다는 맛을 보라는 의미가 꼭 나그네에게 던지는 화두 같다.

또다시 산신 할멈이 히히히 질투를 한다. 갑자기 빗발이 듣더니 어느새 처마 밑까지 파고든다. 사람들이 다시 비를 피해 암자 안에 갇히고 나서야 스님이 법문을 시작한다.

한 그루 나무가 영원한 생이 되는 것은 더불어 숲이 되기 때문이다

"상무주란 이런 뜻이지요. 상上은 부처님도 발을 붙이지 못하는 경계이고, 무주無主란 머무름이 없는 자리라는 뜻이지요. 중생은 재앙의 자리인 부귀영화에 머물려고 하고, 스님은 머물 곳도 없는 법(진리)의 자리에 머물려고 한다는 데 차이가 있지요."

빗발은 계속 굵어지고 있다. 처마 밑에 몰려 있던 사람들이 스님의 법문에 매료되어 마루로 올라와 스님 옆에서 귀를 기울인다.

"무량수불無量壽佛은 과거와 현재, 미래를 통틀어 사는 영원한 부처지요. 내가 남을 사랑하면 무량수불이 될 수 있어요. 나와 남이 한마음이 된다는 것은 나에게 주어진 한 생을 뛰어넘는다는 거지요. 말하자면 나만의 나고 죽음이 무의미해진다는 것이지요."

눈을 들어 유장한 지리산의 한 자락을 내려다본다. 저 산의 한 그루 소나무만을 볼 때는 한 개의 생이지만, 나무가 숲이 되어 버린다면 영원한 생이 된다는 뜻이리라. 나고 죽음이 없는 진리에 이르는 문門이 사랑이라는 말에 귀가 번쩍 틔지 않을 수 없다.

그렇다. 우리 모두는 미완의 무량수불이다. 다만 사랑을 하지 않으므로 중생일 뿐이다. 빗속을 하산하는 길이지만 이제는 올라올 때처럼 걱정이 되지 않는다. 나그네의 마음에도 무량수불이란 화두가 하나 박혀 반짝거리고 있기 때문이다.

함양 영원사 입구에서 등산로를 따라 한 시간 정도 산행을 하면, 지리산 준봉들이 한눈에 보이는 암자에 이른다. 영원사 종무소 055-962-5639

쪽빛 다도해의 빼어난 전망대

무이산 문수암

무이산武夷山 정상 바로 아래의 문수암文殊庵은 다도해의 절경을 조망할 수 있는 전망대이다. 청담靑潭 스님 사리탑이 있는 곳에 서면 소나무 가지 사이로 쪽빛 남해가 더욱 가까이 보이는데, 연화도, 욕지도 등 큰 섬 사이에 처녀 섬들이 징검다리처럼 놓여 있다.

문수암은 신라 선덕여왕 5년(685)에 의상대사가 창건했다고 전해진다. 문수암이라고 이름을 붙인 것은 이런 설화에서 유래하고 있다. 의상대사가 남해 보리암으로 가던 중 날이 저물어 고성 지방에서 머무르게 되었다고 한다. 다음날 아침 두 걸인을 만난 의상대사는 간밤 꿈에 나타난 노승의 부탁을 들어 그들과 한 밥상에서 공양을 같이하게 되는데, 그 걸인들이 바로 문수보살과 보현보살이었던 것. 노승은 의상대사를 돕기 위해 꿈속까지 따라온 관세음보살이었고. 이윽고 의상대사는 보리암으로 가려던 계획을 포기하고 두 걸인을 따라 지금의 암자 터에 섰더란다. 그제야 두 걸인 중에 한 사람이 문수보살로 바뀌면서 '의상

의상 스님이 창건하고 현대에는 청담 스님이 수도했던 문수암

다도해 전망대 같은 문수암에서 내려다보이는 섬들

아!' 하고 부르더니 커다란 바위 사이로 홀연히 사라져 버리더란다. 그래서 의상대사는 그 석벽石壁 아래에 문수단文殊壇을 조성하고 암자를 지었다는 이야기다.

문수암을 들어가 참배하려는데 기도를 막 시작하려는 두 비구니스님 중에 한 스님의 옆모습이 낯익다. 나그네는 너무 반가워 스님의 법명을 두어 번 부른다. 그러자 스님은 너무 뜻밖이라 얼굴이 붉어진다. 암자 옆에 핀 배롱나무 꽃잎 빛깔이다.

당찬 모습은 여전하다. 천일기도 중인데 벌써 반을 넘겼다고 한다. 낮은 음색으로 바뀐 목소리가 얼마나 지독하게 염불하며 기도했는지 짐작이 간다. 스님은 안개 탓으로 돌린다.

"이곳은 여름 내내 안개 속입니다. 목이 잠긴 것은 기도를 열심히 해서라기보다는 안개 때문이에요. 관광객들에게는 안개가 멋있겠지만 수행하는 스님들에게는 독毒 같지요."

스님의 안내를 받아 나그네도 암자의 최고 성소聖所인 문수단에 서본다. 희미하게 빛이 들어가는 석벽 사이로 천연의 문수보살상이 있다고 한다. 의상대사를 이곳까지 안내하여 성불케 한 문수보살이 계시다니 그저 신비할 뿐이다.

"거사님, 문수보살님이 보이세요?"

나그네는 명경지수가 되지 못해서 그런지 상像이 잘 안 잡힌다. 간절히 기도하고 나면 누구의 눈에라도 틀림없이 보인다고 하니 종교의 힘을 믿을 수밖에 없다.

빗자루로 쓸어 놓은 듯 아침 바다가 정갈한 다음날에도 나그네는 모둠발을 하고 문수단 앞에 서보지만 역시 마찬가지. 그래도 암자에서 아침을 맞는 나그네는 신선이 된 기분이다. 고성읍 쪽에서 치솟아 오르는 아침 해의 빛살로 세수를 하고, 남해의 아침 바닷물에 눈을 씻을 수 있어서이다.

고성군 상리면 문수암주유소에서 무이산 쪽으로 20분 정도 승용차로 오르면 암자에 이른다.
문수암 055-672-8078

백련 살기를 바라지 않는다

영축산 자장암

　암자가 가장 신성하게 보일 때는 새벽녘이다. 계곡을 흐르는 물소리에 깨어나 방을 나서 보면 서 있는 그 자리가 그대로 신성神聖 공간임을 알 수 있다. 깊이 잠든 가을 산 위로 일망무제의 바다 같은 우주에 별들이 영혼의 등불처럼 밝게 빛나고 있는 것이다.

　자장암慈藏庵도 우주를 바라보는 천문대 같은 곳이다. 몸을 낮춘 영축산 너머로 별들의 세계가 만다라처럼 장엄하게 펼쳐져 있어 아! 하는 감탄이 터지지 않을 수 없다. 통도사를 창건하기 전부터 이곳에 움막을 짓고 터를 잡았던 자장율사도 밤하늘을 쳐다보며 가슴을 설레었으리라.

　자장은 승려가 지켜야 할 약속을 무엇보다도 강조하였던 율사律師. 나 자신과 혹은 타인과의 약속 관계가 곧 '더불어 삶'이 아니겠는가. 자장은 수행자로서의 약속을 엄혹하게 실천해 보인 우리 민족의 성인聖人이다. 그가 남긴 한마디는 지금도 자장암 관음전 법당 안의 삐죽 솟은

자장율사가 통도사를 창건하기 전에 자리 잡고 기도했던 자장암

칼바위처럼 차갑게 남아 있다.

'내 차라리 하루라도 계를 지키다 죽을지언정 파계하고 백년 살기를 바라지 않는다.'

높은 자리에 있던 사람이 약속을 지키지 못하고 손가락질 받는 요즈음 자장의 말 한마디가 새삼 서릿발처럼 느껴진다. 이윽고 동이 터온다. 산봉우리들이 빛을 난반사하며 꿈틀댄다. 밤새 누워 있던 영축산이 햇살을 받아 불쑥 솟구치고 있다.

쏟아지는 아침 햇살 속에서 가장 먼저 가보는 곳은 관음전과 마애불 뒤편의 금개구리 구멍바위이다. 1천3백여 년 전 자장율사가 옹달샘에 물을 뜨러 갔을 때 보았다는 금개구리. 그 개구리의 몇십 대 자손이 아직도 불가사의하게 머물고 있는 곳이다. 자장암 암주였던 현문玄門 스님의 증언이다.

"관찰해 보니 일년에 삼십 일에서 사십 일 정도 나타납디다. 겨울에도 겨울잠을 자지 않고 보이는 게 특이하지요."

금개구리는 자장율사의 화신처럼 스님들이 수도를 잘하는지, 계율은 잘 지키고 있는지를 지켜보곤 한단다. 나그네도 구멍바위에 눈을 대고 바라보지만 마음이 컴컴해서 그런지 금개구리는 '못 찾겠다 꾀꼬리'이다. 꾀꼬리처럼 고운 소리를 내고 입과 눈 주위에 금색이 둘러쳐진 금개구리를 보지 못한 게 아쉽지만 지상智常 스님이 보여 주는 실물 사진만으로도 신비하다.

요사 방문 앞마당에 자라고 있는 도토리나무를 보니 눈이 맑아진다.

방문 앞마당으로 도토리 한 알이 또르르 굴러와 뿌리내렸을 그 도토리 나무를 자르지 않고 "여름에는 내 방의 발이 되어 줍니다"라고 자랑하는 스님의 여유가 부럽다.

자장 동천洞川의 물소리에 새벽 일찍 깨어나 하늘의 별무리까지 본 자장암. 남보다 먼저 눈을 떴기에 한 편의 명화를 보기에 앞서 예고편까지 본 듯하다.

통도사 산문을 지나 이정표와 포장된 길을 따라가면 되는데, 통도사 1번지라고 하는 자장암까지는 승용차로 10여 분, 걸어서는 40여 분 걸린다.
자장암 055-382-7081

웃는 얼굴이 참다운 공양이어라

영축산 극락암

가을 나무들을 보면 아름답다. 누가 강요하지 않는데도 여름 내내 달고 있던 이파리들을 대지에 헌납하듯 미련 없이 떨구어 버리고 있다. 암자로 가는 길에는 나무 한 그루도 삶의 스승이 된다.

극락암極樂庵을 눈앞에 두고 잠시 쉬어가는 길목에서는 허연 뱀의 허물조차 징그럽기는커녕 진리의 말씀으로 다가온다. '어째서 사람들은 허물을 벗어 버리지 못하고 그것에 묶여 사는 것일까. 새 몸을 받아 거듭 태어날 수도 있을 텐데' 하는 생각이 절로 간절해진다.

극락암은 현대 불교사에 있어 고승 중에 한 분이었던 경봉鏡峰선사가 머물렀던 곳이다. 스님의 선필을 보노라면 눈이 씻겨지는데, 스님의 송도활성松濤活聲이란 작품이 일본 천황 쇼와昭和를 깜작 놀라게 하여 엄청난 거금에 낙찰된 것은 서예계에 잘 알려진 일화이다. 생전의 스님은 찾아오는 손님에게 꼭 이런 질문을 하였다고 시자였던 명정明正 스님이

극락의 그림자가 어른대는 극락암 연못

솔바람이 파도처럼 우우우 소리치는 극락암을 에워싼 소나무 숲

전해 준다.

"극락에는 길이 없는데 어떻게 왔는가?"

어떤 사람은 택시를 타고 왔다고 하고, 어떤 사람은 걸어서 왔다고도 대답했단다. 스님의 법문을 듣기 위해 찾아온 프랑스 작가 로베르 팽제는 '안내받아 왔습니다' 라고 대답했는데, 통역하는 사람이 '허공에서 내려왔습니다' 하고 잘못 말하여 웃음바다가 된 적도 있었다고 한다.

우스갯소리처럼 들려 덩달아 하하 허허 웃는다. 그러나 나그네는 잠시 후 웃고 있는 자신이 쑥스럽다. 나그네에게 질문하면 무어라 대답했을까 하고 솔직히 망설여진다. 극락암까지 걸어서 왔지만 극락에는 아직 가보지 못했으니까.

경봉선사의 덕화가 깃들어서 그런지 여느 암자보다도 찾는 사람들이 많다. 어디가 극락이냐고 꼬부랑 할머니도, 데이트를 즐기는 어린 연인들도 술래처럼 기웃거리며 경내를 다니고 있다.

암자 뒤편에서는 송도활성이란 말 그대로 솔바람이 파도처럼 우우우 소리치고 있고, 극락선원極樂禪院에는 선객들이 화두를 하나씩 들고 무섭게 정진 중이며, 어떤 스님은 볕이 드는 마루에서 신선처럼 바둑을 두고 있다.

잡초 풀숲이 울타리 같은 어수룩한 곳이 수상쩍어 보인다. 삼소굴三笑窟이란 편액이 걸린 경봉 스님의 생전 처소가 눈길을 사로잡는 것이다. 이름하여 '세 번 웃을 수밖에 없는 굴' 이란 뜻의 삼소굴. 나그네가 경봉 스님의 물음에 "스님, 세 번 웃다 보면 극락에 다다릅니다"라고

대답하였다면 무어라 이르셨을까. 선가에 전해 오는 선종고련禪宗古聯
에 실로 이런 선시가 떠오른다.

성내지 않는 그 얼굴이 참다운 공양이요,
부드러운 말 한마디 그윽한 향이어라.
마음속에 티없음이 진실이요,
물들지 않으면 이것이 실상이네.

통도사 산문을 지나 이정표를 보고 포장된 길을 따라 승용차로는 10여 분, 도보로는 30분 정도 걸린다. 이
정표만 믿지 말고 자꾸 물어서 가는 게 고생을 덜하는 길이다.
극락암 055-382-7083

모과, 석류 향기 속에서

영축산 축서암

    영축산은 스님들의 예향藝鄕이다. 한국 불교 최고의 예인藝人 스님들이 영축산에 머물고 있거나 거쳐갔기 때문이다. 단청 부문 인간문화재 혜각慧覺, 선화禪畵의 대가 석정石丁, 성악가인 테너 시명是名 스님 등이 그들이다. 물론 축서암 암주인 수안殊眼 스님도 예외가 아니다.

    암자도 주인이 하는 일을 닮는가. 4백여 년의 역사를 지닌 축서암鷲棲庵은 그대로 거대한 화실 같은 느낌이다. 뜨락에는 모과나무와 목련, 파초와 옥잠화, 석류나무와 감나무가 그림의 배경인 듯 자리 잡고 있고, 암자 주위엔 잘생긴 소나무들이 울타리처럼 서 있다.

    수안 스님에게는 그림 그리는 것이 곧 수행이다. 그림으로써 자비를 이웃에 전달하겠다고 하니 더욱 그렇다. 스님의 선화는 외국에서 더 호평을 받고 있다. 프랑스 상원의장 초청으로 룩셈부르크 궁의장공관에서 전시회를 열어 국내의 화가들을 놀라게 하였고, 모로코나 독일 등지에서도 그의 수행력을 그림으로써 펼쳐 보였던 것이다. 최근에는 유니세프(Unicef)에서 발행하는 엽서에 그의 작품이 인쇄되어 세계 각국으로 소개되고 있는 것도 기억할 만한 일이다. 그런데 그는 어디까지나 스님이다. 가장 마음에 드는 작품이 무엇이냐고 묻자 어느새 그는 화가에서 수행자가 되어 버린다.

"허공에 있소. 점을 찍어 두었지."

또 음유시인이 되어 시를 낭송하기도 한다. 축서암이 어떤 곳이냐고 묻자 '태풍의 눈과 같은 곳, 콧물이 날 만큼 서러운 곳'이라고 시인의 감성으로 대답하신다. 나그네도 스님의 말에 전적으로 동감한다. 태풍의 눈과 같은 기氣를 느낄 때는 붓을 단숨에 휘둘러 그림을 그리고, 콧물이 날 만큼 서러울 때는 시詩를 읊조리는 것은 아닐는지. 뜨락의 옥잠화는 벌써 꽃이 져버린 모습이지만 스님의 시 〈옥잠화〉 가운데 한 구절은 아직도 나그네의 뇌리에 아낙의 은비녀처럼 또렷하다.

내 사랑하는 아낙

오랜 전생부터

꽃 가꾸는 정성이 대단하더니

죽음이란 아름다운 영혼을 안고

꽃뱀으로 세 번의 생을 살았다.

선화를 그리고 선시를 짓는 수안 스님의 처소

잘생긴 소나무로 둘러싸인 축서암 법당

스님이 그림을 숨겨 두었다는 허공을 바라본다. 햇살이 한가득 차 있어 양명하다. 햇살이 이러하니 어찌 모과가 향기를 퍼뜨리지 않을 것인가. 무심한 나그네지만 석류가 아프게 벌어지는 황홀한 자해自害를 두고 어찌 모른 체할 수 있겠는가.

암자를 내려서려 하는데 성악가인 테너 시명 스님이 물 한 모금 마시고 가라 한다. 과연 돌우물에서 퐁퐁 솟는 물맛이 좋다. 축서암의 물김치나 직접 쑨 메주가 왜 불자들 사이에 인기가 있는지 알 것만 같다. 돌우물의 물맛에 그 비결이 있는 것은 아닐까.

통도사 산문을 들어서지 말고 일주문 왼편에 있는 서리마을을 지나 지산리 양지농원 쪽으로 올라가다 보면
암자에 다다른다. 걸어서 15분 정도 걸린다.
축서암 055-382-7080

수도자의 수행을 지켜보는 바위

벽방산 은봉암

지도에는 통영 벽방산碧芳山이라고 나오나 법화종단 안정사安靜寺 스님들은 불연이 깊은 산이라 하여 벽발산碧鉢山이라고 부른다. 두말할 것도 없이 발鉢자는 스님들의 공양 그릇인 바리때를 뜻하는 말이다.

안정사의 산내 암자들을 멀리서 보니 산속에 바리때가 놓여 있는 것 같은 모습이다. 신라 성덕왕 3년에 징파澄波 화상이 창건한 은봉암隱鳳庵은 바로 벽발산 7부 능선쯤에 있다. 오르는 길에 가섭암, 의상암 등을 들르게 되는데 왠지 마음이 허허로워진다. 특히 역사가 깊은 의상암은 처마가 무너지고 있어 나그네의 발길을 무겁게 한다.

문화유산이란 우리 모두가 공유하는 것인데, 이렇게 책임을 포기하고 있는 사각지대도 있구나 하고 나그네부터 반성을 해본다. 그곳에 있는 스님의 설명이야 암자를 잘 보존하겠다고는 하지만 현실적으로 힘들어 보인다. 조계종단과 재산권 분쟁을 빚고 있는 것도 한 요인이지만 후손에게 물려주어야 할 유산이 그런 송사와 무슨 상관이 있겠는가.

그래도 암자를 오르다 보니 그런 머리 무거운 생각들이 어느새 달아나 버린다. 이제 막 타오르려고 하는 단풍의 불이 나그네의 마음에까지 붙고 있는 느낌이다.

암자 주위는 주로 활엽수 고목들이 숲을 이루고 있어 머잖아 단풍이 장관일 것 같다. 특히 남해의 푸른 바다를 배경으로 펼쳐지는 강렬한 원색의 풍광은 은봉암의 명물로 찾는 이의 눈을 붙잡아 두기에 족하리라. 수령이 수십 년도 넘은 터줏대감들은 예부터 도인들이 왜 이 은봉암을 즐겨 찾았는지를 말해 주고 있다.

은봉암의 또 다른 명물로 미륵불처럼 서 있는 성석聖石을 빼놓을 수 없다. 안정사 주지였던 설호雪虎 스님의 말에 의하면 성석이 원래는 세 개가 있었다고 한다.

"은봉암에 도인이 나타날 때마다 한 개씩 쓰러졌다고 그래요. 지금은 하나밖에 남지 않았지만 도인이 또 나타나면 남은 성석마저 쓰러지겠지요."

성석이야말로 이곳 수행자들에게 침묵의 스승인 셈이다. 수행하는 스님들을 지켜보고 있다가 수행자가 성불을 했는지 그렇지 못한지를 스승처럼 인가해 주었다는 것이다. 은봉암에서 수도했던 혜월선사慧月禪師와 종열선사宗烈禪師가 성불했을 때도 한 개씩 넘어졌다고 하니 앞으로는 어떤 수행자에 의해 지금의 성석이 쓰러질지 궁금해진다.

지금 남아 있는 성석도 자세히 보니 밑부분에 금이 가 있다. 누군가

신라 성덕왕 3년 징파 화상이 창건한 은봉암

가 이 시간에 용맹정진하고 있다는 성석의 메시지가 아닐까. 나그네는 암자 계단을 내려서면서 마음속으로 수행자의 꿈이 이루어지기를 기원해 본다. 물질의 풍요를 누리고 있지만 정신의 빈곤이 느껴지는 오늘이기에 더욱 그렇다.

통영시 광도면에 있는 안정사 초입의 벽방산 안내판 앞까지 가서 오른편 비포장 산길을 따라 오르면 암자에 이른다. 은봉암까지는 승용차로 15분 정도 걸린다. 도보일 때는 안정사 입구까지 들어가서 왼편으로 난 지름길을 이용하는 게 좋다.
은봉암 055-649-1333

보는 대로 꽃이 되는 이치

호구산 백련암

남해대교를 지나니 안락의 세상에 온 것 같다. 육지와 단절된 섬에 온 게 아니라 아늑한 고향에 온 듯한 생각이 든다. 그동안 바삐 살면서 잊어버리고 있었던 고향에 대한 귀소성歸巢性이 살아나고 있기 때문일까.

조선시대 영조 27년(1751)에 시창된 백련암은 그런 분위기에 편승한 것인지 더욱 편안하다. 적어도 길에서 보기에는 암자라고 할 것도 없이 그저 평범한 고향집 같다. 나그네는 가정집이 아닌가 싶어 위쪽에 있는 염불암까지 갔다가 되돌아올 정도였으니까.

문 안으로 들어가 보면 밖에서 본 것과는 사뭇 다르다. 백련암과 염불 소리가 끊이지 않는 보광전普光殿, 그리고 요사채, 그 위의 대밭이 단출한 암자의 분위기를 돋구고 있다.

백련암은 세상과 거리가 멀리 떨어져 있으면서도 고향집처럼 단절감이 느껴지지 않는 게 특징인 것 같다. 암자에도 성격이 있게 마련인데,

해탈꽃이라 불리는 옥잠화가 시드는 가을

한마디로 백련암은 어머니처럼 포근하기만 하다.

　이래서 고승들이 즐겨 찾아와 편안한 마음을 유지하며 수행을 했는지 모른다. 근대 이후 고승만도 기미년 민족대표 33인 중에 한 분이었던 용성龍城 스님, 조계종 종정을 지낸 설석우薛石友 스님, 성철 스님 등이 거쳐갔다고 한다.

　백련암의 편액은 경봉鏡峰 스님의 선필이다. 동해의 홍련암 편액에서도 스님의 선필을 보고 마음이 싱그러워졌는데 다시 보니 반갑다. 성철 스님이 머물 때만 해도 백련암은 편액이 없는 두 칸짜리 토굴이었다고 하는데, 오늘의 가람이 갖추어진 것은 소황素滉 스님의 원력에 의해서라고 한다. 스님은 남해섬에서만 40년을 수행한 분으로 보리암 20년, 용문사 10년, 백련암 10년째란다. 그런 스님이라고 하니 스님의 언행 속에도 향香처럼 남해의 빛깔과 냄새가 묻어 있을 듯하다.

　가을이 깊어지면서 늦여름에 피었던 옥잠화 꽃대궁도 이제는 시들고 있지만 풀벌레 소리는 자못 기세가 살아 있다. 스님의 수행을 방해할 정도로 시끄럽다.

　나그네의 걱정에 스님은 빙그레 웃기만 한다. 흰 구름을 벗삼아 사는 수행자답게 한마디한다.

　"좋게 보면 다 눈에 꽃이 되지요好取看來總是花."

　나쁘게 보면 다 눈에 가시가 된다는 말도 덧붙인다. 마음이 어떻게 받아들이느냐에 따라 꽃도 되고 가시도 된다는 말씀이다. 자연의 소리는 뭣이든 다 반갑게 듣는다는 스님의 말에 나그네는 맑은 개울물이 흘러가는 느낌을 받는다.

그렇다. 어떻게 받아들이느냐에 따라서 자신의 마음이 극락도 되고 지옥도 되는 이치이다. '감정의 흔들림을 정복하여 욕망과 자극에 흔들리지 말고 마음을 지배할 수 있는 주인공이 되라'고 하시는 스님의 법문이 가슴에 남는다. 암자를 나서려는데 스님이 주는 또 다른 한마디가 나그네에게는 아리송한 화두 같다.

"암자의 풍경을 구경시켜 드리기는 했지만 전해 줄 수는 없구려."

남해대교에서 이동면 용소리 용문사 입구까지 승용차로 40분 정도 걸린다. 암자는 용문사 입구에서 5분 거리이다.
백련암 055-862-5567

그대여, 한 송이 백련이 되라
가야산 백련암

해인사에서 백련암白蓮庵까지는 5리쯤의 거리다. 산길은 마치 꽃대궁처럼 여러 갈래로 뻗어 있으므로 이정표를 잘 보아야 한다. 큰절에서 뻗어 나간 이런 산길 끝에는 반드시 산내 암자가 있게 마련이다. 생불이었던 성철선사가 수행한 곳으로 더 알려진 백련암 역시 마찬가지이다. 꽃대궁 끝에 매달려 활짝 피어 있는 백련처럼 암자가 다소곳이 자리하고 있으니까.

암자 이름을 왜 백련암이라 했을까. 암자명을 화두 삼아 산길을 오르는 것도 자신을 흐뭇하게 하는 일이다. 백련이란 불가에서 신성시하는 꽃이다. 최상의 깨달음과 진리를 상징하는 꽃이다. 암자 이름이 백련암인 것은 찾는 이마다 '한 송이 백련이 되라'는 전언이 담겨 있는 것이 아닐까.

그렇다. 백련암을 찾아가 수백 번 기도하고 염불한들 왜 사는지, 진

성철선사가 삼천배를 화두로 남겨 전해 주고 있는 백련암

성철선사가 오랫동안 수행했던 염화실, 병풍처럼 펼쳐진 가야산의 산 그림자

리가 무언지 눈을 뜨지 못하고 무명에 사로잡혀 산다면 무슨 소용이 있겠는가. 성철선사가 '자기를 바로 보라'고 유훈을 남긴 것도 사실은 '진리에의 길'을 역설하신 것이리라. 본래의 자기가 곧 향기를 머금은 연꽃인데, 마음의 연꽃心蓮을 보지 못한 채 암자만 보고 내려가는 세상 사람들을 위해 그렇게 법문하셨을 터이다.

계단을 올라서 '백련암'이라고 쓰인, 성문城門 같은 요사채를 지나니 거대한 바위 하나가 좌선을 하고 있다. 물어보니 불면석佛面石이라고 한다. 말 그대로 부처의 얼굴 같은 바위다. 힘찬 그 바위를 중심으로 원통전圓通殿을 비롯한 암자의 부속 건물들이 부챗살처럼 퍼져 있고, 자연의 어떤 기운이 불면석에 모아져 있는 듯하다.

암주인 원택圓澤 스님의 첫마디는 오로지 은사인 성철 노스님을 위해 공사가 시작됐다고 말한다.

"노스님이 방을 건너다니시는 데 불편하지 않게끔 방들의 문턱을 낮추려고 불사를 시작했지요. 그랬는데 막상 암자의 건물들이 완성되고 나니 큰스님은 가시고 이렇게 우리들 수행처가 되고 말았습니다."

은사를 받드는 지극한 제자의 마음이 나그네에게도 느껴진다. 암자의 문턱뿐만 아니라 마음의 문턱까지도 낮춰진 원택 스님의 겸양이 그대로 감지된다. 또한 성철선사가 남긴 사상과 학문을 숙제하듯 더 정리한 후, 걸망을 메고 미련 없이 암자를 훌훌 떠나겠다는 원택 스님의 한마디도 나그네의 가슴에 메아리로 남는다.

최근에는 고심원에 성철 스님의 존상尊像이 제작되어 봉안하고 있는데, 참배객들의 발길이 끊이지 않고 있다. 관음전 입구에서 참배객들에게 승복을 나누어 주고 있는 남루한 차림의 한 노파의 모습이 인상적이다. 자기는 승복을 나누어 주는 게 곧 기도라고 한다.

"나 같은 무지렁이도 이제는 신도들을 보면 신심이 깊은지 안 깊은지 첫눈에 알겠어요. 비를 흠뻑 맞은 나뭇잎이 파랗듯이 신심 깊은 사람의 모습은 뭔가 달라 보이거든."

성철 스님이 살아생전에 바라던 것은 단순히 허리를 구부리는 '삼천배'가 아니라 바로 저렇게 봉사하는 마음을 지니고 살라 하는, 자신을 한없이 낮추고 살라 하는 하심下心의 '삼천배'가 아니었을까.

해인사 일주문에서 도보로 30분 정도 걸린다. 찻길을 이용할 경우 야간통제소를 지난 3백 미터쯤에서 오른쪽으로 가면 된다.
백련암 055-932-7300

밝은 달로 살았던 스님들

가야산 홍제암

관광지에 있는 암자는 이른 아침이나 저녁 무렵에 가보는 것이 좋다. 떠드는 관광객들 사이에서는 본래의 암자 모습을 볼 수 없기 때문이다. 많은 사람들에 둘러싸인 암자를 보면 어딘지 지쳐 있다는 느낌이 든다.

홍제암弘濟庵도 해인사 옆에 있기 때문에 한낮이면 많은 사람들에게 시달린다. 그래서 나그네는 서둘러 정문 격인 보승문寶勝門을 지나 이른 아침의 암자와 대면하고 있다. 관광객이 아무도 없으므로 산새 몇 마리가 짹짹거리고 홍제암 계곡의 물소리가 들려올 뿐이다. 암자 추녀 밑에는 분홍색 모란 꽃눈들이 촉촉하게 부풀어올라 있고.

암자는 사명대사가 입적하기 3년 전(1608)에 터를 잡았지만, 선조의 도움을 받아 혜규慧珪선사가 시창하였다고 한다. 홍제암이란 암자명은 선조가 사명대사의 입적을 애도하여 자통홍제존자慈通弘濟尊者라고 시호를 내린 데서 연유한 것이고.

사명대사의 열반지로서 그의 깊은 정신이 서려 있는 홍제암

호국 불교의 역사가 깃든 홍제암

따라서 홍제암은 사명대사를 빼고는 이야기가 되지 않을 만큼 대사의 정신이 깊이 서려 있다. 불사를 이끌어 온 종성宗姓 스님도 사명대사의 이야기부터 꺼낸다.

"이곳은 사명四溟 스님의 열반지이지요. 따라서 나라가 위기에 처했을 때 분연히 일어선 스님의 호민護民 정신을 기리는 곳이 바로 우리 암자지요."

영자전影子殿에는 사명 스님 말고도 청허淸虛, 영규靈珪대사를 비롯한 열여섯 분의 영정이 모셔져 있는데, 특히 일제 때 일본인의 군도軍刀에 의해 오른쪽 어깨에 상처가 난 사명 스님의 영정은 지난 임진년의 역사를 다시 떠올리게 한다. 일본인들이 지금까지도 사명대사를 두려워하는 것은 무엇 때문일까. 그것은 허균이 지은 비문 중에도 잘 드러나 있지만 침략국 일본에 대한 배일사상 때문일 것이다. 비문 중에는 사명대사가 왜군 진지로 가서 적장 가토 기요마사加藤淸正와 담판을 짓는 사실이 기록되어 있는데 그 내용은 이렇다.

"조선에도 보배가 있습니까?"

그러자 스님이 잘라 대답했다.

"본국에는 없고 일본에 있소."

가토가 스님의 말뜻을 몰라 반문했다.

"웬 말이오?"

"지금 우리나라에는 당신의 머리를 보배로 보고 반드시 베어 얻으려고 하고 있으니 보배가 일본에 있는 것이 아니겠소."

이렇게 스님은 적장인 그의 간담을 서늘케 하였다는 것이다. 영자전을 나와서야 비로소 주련이 눈에 띤다. 추사秋史의 글씨라는 종성 스님의 설명이다. 주련 중에 한 구절을 읊조려 본다.

도심일명월道心一明月. 도를 품은 마음이란 밝은 달과 같다는 뜻이리라. 그렇다. 사명대사도 추사도, 이곳에서 입적한 자운慈雲 스님도 동시대인들의 밝은 달이 되고자 살았던 분들이 아닐까.

밤마다 밝은 달이 되어 가야산 산자락을 내려다보는 것 같은 사명대사. 그의 임종게를 보면 의승대도장義僧大都將이 아닌 선사로서의 법력에 새삼 가슴이 숙연해진다.

흙과 물, 불과 바람이 모여서 된 이 몸
이제 참된 나에게로 돌아가려 하네.
무슨 까닭에 부질없이 왔다 갔다 하면서
이 허깨비 같은 몸을 수고롭게 하리오.
내 이제 죽음을 맞이할까 하노라.
四大假合 今將返眞
何用屑屑往來 勞此幻軀 吾將入滅

해인사 일주문에서 왼편으로 아주 가까운 거리에 있다.
홍제암 055-932-7306

봄바람 속의 해인사 1번지
가야산 원당암

봄볕은 차별이 없다. 따뜻한 빛을 양식처럼 평등하게 뿌려 주고 있다. 원당암願堂庵 가는 초입의 산자락도 마찬가지이다. 어느새 산색이 봄볕을 받아 파스텔처럼 푸른빛을 띠고 있다. 다리 밑 계곡의 표정도 온기가 배어 있다. 암자로 오르는 나그네의 발걸음은 가볍기만 하다.

원당암은 '해인사 1번지' 같은 상징적인 암자이다. 해인사와 형제처럼 역사를 같이하고 있기 때문이다. 법당 앞에 보물 제518호로 지정받아 보호받고 있는 석탑과 석등에도 암자의 나이테는 새겨져 있다.

신라 애장왕哀莊王은 공주의 난치병이 낫자 부처의 가호加護로 여기고, 해인사의 창건을 발원한 순응順應대사를 몸소 크게 도와주었다고 한다. 왕은 서라벌을 떠나 가야산에 임시로 작은 집을 지어 절의 공사를 독려하고 정사政事를 보기까지 하였는데 이것이 바로 오늘의 원당암이다.

천 년 전, 왕이 뿌린 선한 씨앗이 이제야 열매를 맺는 것일까. 십수 년 전만 해도 석등의 불빛이 꺼진 채 겨우 고시생들이나 찾던 암자가 다시 활기를 찾게 된 것은 혜암慧菴 스님이 머문 이후부터였다고 한다. 혜암 스님은 해인사의 정신적 지주라 할 수 있는 방장方丈을 역임한 분이다.

원당암에서는 스님들과 똑같이 일반인들도 여름과 겨울에 한 철씩 안거安居에 들어간다고 한다. '안거'란 편안히 다리 뻗고 쉰다는 뜻이 아니라 화두를 받아 정진하는 기간이라는 불가의 단어이다. 원당암은 재가불자在家佛者들의 선방이 우리나라에서 유일하게 개설된 산중 암자인 셈이다.

혜암 스님은 하루 한 끼만 먹는 오후불식午後不食 정진과 방바닥에 등을 대지 않는 장좌불와長座不臥 수행을 몇십 년 동안 계속하셨던 분이다. 우스갯말로 스님들 사이에서 혜암 스님을 가리켜 특이체질이라고 부르며 음식과 잠으로부터 해탈된 분이라고 믿었다고 한다.

스님을 모셨던 여연如然 스님의 기억은 각별할 수밖에 없다.

"큰스님이 태백산 동암東庵에 계실 때이니까 칠십사년도였지요. 해인사에서 몇십 리를 걸어 스님을 찾아가면 오후가 되었지요. 그러면 벌써 한 끼의 점심 공양 시간이 지난 뒤라 밥이 없었어요."

밤에는 잠을 잘 수 없었다고 한다. 스님이 잠을 자지 않고 정진하고 계시기 때문에 제자의 도리를 지키느라 그랬다는 것. 아침까지 눈을 뜬 채 쫄쫄 굶고 있다가 간장 몇 방울에 죽 한 그릇 겨우 먹고 나서 스님과 혜

신라 애장왕이 해인사 창건을 독려하기 위해 머물렀던 원당암

어지곤 했다는 여연 스님의 이야기이다. 그러나 지금 생각해 보면 그때 스승으로부터 고난을 극복할 수 있는 힘을 키웠던 것 같다고 말한다.

혜암 스님의 제자들은 한결같이 극기와 인욕을 스님으로부터 배운다고 말한다. 그러나 몇십 년 동안 계속되는 스님의 처절한 수행은 꼭 그런 의미만은 아닌 것 같다. 탐욕과 천박한 물질문명으로 빠져 드는 세속에 정신의 지렛대 역할을 하고 있음이다. 스님의 그런 치열한 정신이 있기 때문에 세상은 그래도 물신物神의 늪에 곤두박질치지 않고 균형이 유지되고 있는 것은 아닐까. 암자를 내려오면서 혜암 스님이 어느 해 동안거를 풀면서 봄을 노래한 게송을 읊조려 본다.

청산에 맑은 물은 원래 예전과 같고
명월 청풍은 같은 한집이네.
눈 녹은 태산에 봄바람 부니
두견새 우는 곳에 두견화가 피었도다.
靑山綠水元依舊 明月淸風共一家
雲消泰山吹春風 杜鵑啼處杜鵑發

해인사 일주문 왼편 위쪽에 원당암 이정표가 있는데 아주 가까운 거리에 있다.
원당암 055-932-7308

효자와 함께 사는 돌부처님

천불산 청량암

    가야산 봉우리들 중에서 가장 아름다운 곳이 남산 제1봉이다. 해인사를 가다 보면 황산이라는 마을이 나오는데, 바로 거기서 왼편에 멀리 보이는 봉우리가 천불산千佛山이라고도 불리는 남산 제1봉이다. 불기둥처럼 삐쭉삐쭉 솟아 있는 봉우리들은 천千 분의 불佛이 정좌하고 있는 모습을 연상케 한다.

    황간마을의 허름한 무생교無生橋를 지나자마자 갑자기 원색의 무리들이 눈에 띈다. '고지가 바로 저긴데' 하며 남산 제1봉을 찾아가는 등산객들이 틀림없다. 무생교. 다리 이름이 특이하지 않은가. 무생이란 '번뇌 없는 삶'을 의미할지도 모른다.

    그렇다. 청량암淸凉庵을 찾아가는 길 위에서만은 세속의 생각을 놓아버려야 한다. 직장 일이 어찌 됐을까, 주식의 시세는 어떻게 변동됐을까 등으로 휴대폰을 꺼내서는 안 될 일이다. 그런 생각에 매달려서는 암자로 가는 산길 역시도 세속의 연장이 될 수밖에 없으니까.

신라 때 터를 잡았던 것으로 추측되는 청량암은 등산객들에게는 옹달샘 같은 곳이다. 가파른 산길을 오르다가 암자의 물 한 모금에 목을 축이고 땀을 들이며 쉬어 가는 곳이기에 그렇다. 목마른 자에게 감로수 甘露水를 주고, 땀 흘리는 자에게 그늘이 되어 주는 곳이니 암자의 공간이야말로 그대로 극락인 셈이다.

불가에서 극락이란 말의 동의어로 '청량淸凉'과 '안양安養'이란 말이 쓰인다. 불교가 발생한 인도는 더운 나라이므로 청량, 즉 서늘한 곳이 이상향이었을 것이며, 안양이란 고달픈 세상에 '편안함을 주는 곳'이니 극락의 별명이 아니고 무엇이겠는가.

암자에서 머물며 숨을 쉬기만 하여도 안심安心이 얻어질 것만 같다. 법당 앞마당 끝에서 올라온 산길을 내려다보니 가슴이 탁 트이고, 두 눈이 맑아진다. 나그네는 특이하게도 돌부처님(石佛: 보물 제265호)을 모신 법당으로 들어가 본다. 과연 통일신라 시대의 대표적 불상답게 상호相好가 원만한 돌부처이다. 욕심 없는 사람들이 자신의 희망사항을 사정하면 무엇이든지 다 들어주실 것 같은 자비스런 모습이다.

"그런데 저 빼어난 돌부처님 머리가 지붕의 마룻대에 닿을 정도였고, 참배객들이 조금만 모여도 서로 몸을 부딪칠 만큼 좁았었지요. 그게 늘 마음에 걸려 돌부처님 편히 모시고, 신도님들이 절하는 데에 불편하지 않도록 법당을 새로 지었지요. 성철 스님이 남기신 말씀 중에 지금도 잊혀지지 않는 '부처님께 절 하나만이라도 잘하는 불제자'가 되라는

목마른 이에게 갈증을 씻어 주는 청량암 감로수

남산 제1봉 가는 길의 옹달샘 같은 청량암

법문도 실천하고 싶었고요."

가톨릭계 고등학교 시절 한 수사가 '당신은 승려가 될 사람'이라고 성철 스님을 소개해 주어 출가했다는 원타圓陀 스님의 말이다. 돌부처님이 답답할까 봐 아담한 집을 지어 바친 스님의 아이 같은 마음이 어느새 나그네에게도 전달된다. 그런 마음이 바로 오늘 우리들이 되찾아야 할 동심 같은 것이 아닐까. 불교식으로 말한다면 천진불天眞佛이 되는 일일 터이다.

청량암에 또 다른 보물로는 석등(보물 제253호)과 탑(보물 제266호)이 있다. 조물주의 선물인 남산 제1봉의 장엄도 빼놓을 수 없는 보물이고.

해마다 단오살이면 산봉우리에 해인사 선원에서 참선하는 스님들이 산의 불기운을 틀어막는다며 소금을 묻는다고 한다. 실제로 불기운을 막는다기보다는 참선하는 스님들에게 막힌 머리와 굳어진 다리를 풀어주고, 산불에 대한 경각심을 은연중에 심어주기 위한 옛 스님들의 지혜가 아닐까 싶다.

해인사 가는 입구의 황산 2리에서 2킬로미터 정도 떨어진 거리에 있다. 승용차로는 10여 분쯤, 도보로는 가파른 산길이므로 50분 정도 걸린다.
청량암 055-932-7987

잠만 자도 도 닦여지는 명당

금산 보리암

금산錦山의 원래 산 이름은 보광산普光山이었다고 한다. 원효 스님이 신라 문무왕 3년(663)에 보광사를 창건하면서 그렇게 이름 붙여진 데서 유래한다. 그런 보광산이 금산으로 바뀐 것은 이렇단다.

이성계가 조선의 개국을 앞두고 보광산에서 1백 일 간 관음기도를 올렸는데, 조선이 자신의 뜻대로 개국되자 그 보답으로 산을 온통 비단으로 덮겠다고 한 데서 산 이름이 바뀌었다는 것이다. 귀한 비단이지만 산이라도 덮겠다는 태조 이성계의 호방한 성격과 보은報恩의 마음이 결합된 전설이다.

금산은 이름 그대로 비단처럼 아름다운 산이다. 고운 치마를 두른 듯 산이 수려하고, 눈부시게 하는 비경이 곳곳에 숨어 있다. 금산의 제1경인 쌍홍문을 비롯하여 무려 38경景이 해발 681미터의 조그만 산에 자리하고 있으니 말이다.

지금은 사라지고 없는 보광사인데, 그 부속암자로서 원효 스님에 의해 시창된 보리암은 바로 금산의 비경들과 함께 어우러져 있다. 거대한 바위들이 서로 엉켜 있는 사이사이에는 낙락장송과 산죽들이 청청하고, 산밑에 보이는 초승달 모양의 상주해수욕장에서부터 시작하는 푸른 바다가 바로 한려수도이다.

　관음기도를 하러 왔다는 한 객승이 안내를 해준다.

　"보리암은 우리나라 삼대 관음기도처 중의 하나입니다. 요즘은 국립공원 안이 되어 관광객들이 소란스럽게 붐비지만 예전에는 정말 이곳에서 잠만 자도 도가 저절로 닦여졌다고 하는 성지였습니다."

　객승의 말대로 휴일이라 그런지 산길마저 북적거린다. 관광객들이 새떼처럼 재잘대면서 이리저리 몰려다니고 있다. 기도처인 보광전普光殿에는 참배하는 신도와 관광객들이 끊임없이 몰려들어 경봉 스님이 쓴 편액의 선필을 감상할 공간이 없다. 작품이란 자동카메라로 피사체를 찍듯이 빨리빨리 보는 것이 아닐 것이다. 나그네는 사람들에 밀려 담 너머로 보리암의 이곳저곳을 훔쳐본다.

　최근에 조성된 관세음보살상 앞에 이르러서야 암자에 왔다는 여유가 생긴다. 암자 전체의 풍광을 조망할 수 있고, 한려수도 쪽에서 불어오는 바람에 땀을 식힐 수도 있어서이다.

　"이 삼층석탑이 바로 불가사의한 곳이지요. 김수로 왕비 허태후가 인도 월지국에서 가져온 불사리佛舍利를 원효 스님이 봉안한 탑인데, 명당 중의 명당이라고 합니다."

우리나라 3대 관음기도처 중의 하나인 보리암의 관음입상

보리암에서 내려다보이는 남해 상주해수욕장

이곳에 나침반을 두면 자침이 동서남북을 정확히 가리키지 못하고 헛돌기만 한다니 신기하다. 사전에 이런 사정을 알았다면 나침반을 준비해 가지고 와서 직접 실험을 해보는 건데 하는 아쉬움이 남는다.

　　굳이 나침반을 들이대지 않더라도 남해나 금산의 전망이 가장 좋은 것을 보면 명당이라는 생각이 절로 든다. 이윽고 나그네는 금산의 풍광을 천 년을 하루같이 신장처럼 지켜 온 석탑 앞에서 합장하며 고개를 숙인다.

남해대교에서 암자 주차장까지 32킬로미터로 승용차로 50분 정도 걸린다. 거기서 다시 암자까지는 8백 미터의 거리이다.
보리암 055-862-6115

산허리 불빛이 되는 어머니

망운산 망운암

해발 7백여 미터가 가까워지자 낮아지는 기압 때문에 귀가 먹먹해진다. 바닷가의 산이므로 굉장한 높이다. 강원도 산들은 적어도 몇백 미터의 지점에서 적응이 된 상태로 산행이 시작되지만, 바닷가의 산은 해발 제로의 지점에서 곧바로 시작하게 되므로 그렇다.

더 이상 승용차가 갈 수 없는 지점에 이르자 거대한 바위들이 산자락을 덮고 있다. 망운산이 장수처럼 버티고 서 있고, 바위들은 철갑鐵鉀처럼 산을 덮고 있다.

바위산의 기세에 눌려 어느새 잡생각이 사라진다. 산길을 걷는 동안 먼지 같은 세속의 잡티들이 말끔히 닦여지는 듯하다. 거대한 정신의 진공청소기 속에 몸을 맡기고 있다고나 할까. 머릿속의 번뇌 망상들이 한순간이나마 청소되고 있다.

망운암望雲庵은 고려시대 진각국사가 창건한 암자이다. 수선사(지금은

고려 전각국사가 창건한 이후 효봉, 경봉, 서암, 월하 스님이 수행했던 망운암

성각 스님이 천일기도를 마친 회양처. 아직도 기도 중인 스님의 뒷모습

송광사(松黃寺)의 스님이었던 진각국사가 왜 망운암까지 걸어왔는지 궁금하지만 스님의 마음을 헤아릴 길은 없다. 다만 스님과 첫 인연을 맺은 지 8백 년이 넘도록 수행자들에게 사랑을 받아 온 사실을 보면 예사로운 터가 아닌 것만은 분명하다.

"화방사에서 일 년째 기도를 하고 있는 중이었어요. 신장님이 나타나더니 지금 망운암을 가리키며 가라고 하더군요."

그때까지는 망운암이 있었는지조차 몰랐다는 성각成覺 스님의 얘기다. 얼마 전 부산에서 선서화전을 열어 호평을 받았던 스님의 얘기는 기도를 많이 한 분답게 깊은 울림이 있다.

"망운암에 머물며 일주일째 염불을 하고 나서 기도처를 정했지요. 저 위쪽에 있는데 청정한 기운이 절로 느껴지는 곳입니다."

터가 드세어 백일기도를 마친 사람이 적다고 은사인 덕산德山 스님한테서 들었지만 성각 스님은 바로 그곳의 바위에 앉아서 무사히 천일기도를 회향했다. 비가 오는 날이거나 눈보라가 치는 날이거나 물러서지 않고 그 바위에 앉아 천일기도를 마쳤다고 하니 스님의 정신력이 놀랍기만 하다.

터가 드세어 어떤 스님은 기도 끝에 도인이 됐다며 쌀 이고 오는 할머니의 오줌 누는 모습까지 훤히 보인다고 자랑하다가 신장에게 쫓겨 내려간 적이 있고, 어떤 신도는 개고기를 먹고 올라와 죽을 뻔하다가 참회기도를 3일 동안 하고 난 뒤 겨우 하산했단다. 사람의 생각이나 행동이 청정하지 못하면 망운암의 신장이 용서하지 않기 때문이란다.

성각 스님은 천일기도의 공덕을 속가의 어머니에게 돌린다.

"어머니는 망운암 불사를 하면서 화방사 쪽에서 매일 두어 시간씩 등짐을 해서 무거운 공양구들을 나른 분입니다. 오늘의 내가 있게 된 것은 나의 기도나 염불이 있어서라기보다 옆에 관세음보살 같은 어머니가 계시기 때문입니다."

참선이나 기도를 게을리 하면 지금도 꾸중을 하는 스님의 어머니란다. 속가 시절에도 공부하지 않으면 도서관으로 내쫓던 어머니였다고 한다. 그러니 어찌 관음전의 연화대에 앉아 계시는 분만이 관세음보살일 것인가. 앉으나 서나 자식만 생각하는 세상의 모든 어머니 또한 관세음보살의 다른 이름일 터이다.

이어지는 스님의 얘기 한 토막도 추억의 명화 한 장면 같다. 밤늦도록 스님이 돌아오지 않으면 어머니는 잠을 자지 않고 산허리에서 등대처럼 플래시 불빛을 깜박거린단다. 아들이 길을 잃고 산길을 헤맬까 봐 걱정이 되어서이다. 늦은 밤길의 스님이 산 아래서 '야호!'를 반갑게 먼저 하고, 나중에는 어머니와 아들이 서로 '야호! 야호!' 소리친다는 것. 참으로 오랜만에 듣는 가슴 뭉클한 얘기다. 모자가 성불을 향한 도반이다. 서로가 한 길을 가는 친구요, 의지하는 이웃이요, 서로를 우러러보는 스승이다.

진각국사 이래 해방 이후에는 효봉曉峰, 경봉鏡峰, 서암西庵, 월하月下 스님 등이 머물다 갔다는 망운암. 고승들의 도력道力이 훈습되어 있는지 밤이 되자, 만다라 문양 같은 달무리가 원만상圓滿像처럼 허공에 둥

그렇게 그려져 있다. 달무리의 은은한 문양이 밤을 더 그윽하고 포근하게 하고 있다.

화방사 뒷산길을 산행할 경우 한 시간 30분이 걸리고, 승용차를 이용할 경우엔 남해군 서면 노구리에서 주차장까지는 25분, 다시 산길을 15분 정도 걸으면 암자에 이른다.
망운암 055-863-3095

전라북도

솔바람 소리에

귀를 맡기다

암자 입구에 선 단풍나무를 보니
가을이 더욱 깊어 가고 있는 중이다.
가을 햇살을 받는 단풍잎들이
법당의 단청처럼 잇색의 깊은 색조를
보여 주고 있다.
- 본문 중에서

딸을 위해 지어 준 암자

변산 월명암

변산의 월명암月明庵은 부설浮說거사가 서기 691년에 창건한 1천3백여 년의 세월이 묻어 있는 암자이다. 그러니 긴 세월이 흐르면서 설화 한 토막이 생겨나지 않을 수 없었을 것이다.

부설은 변산의 한 암자에서 수행하다가 강원도 오대산으로 떠난다. 하지만 행각 중에 묘화妙華라는 여인을 만나 애정을 고백받고 결혼하여 두 남매를 갖게 된다. 다시 변산으로 돌아온 그들 부부는 부설암과 묘적암妙寂庵을 짓고, 이어 딸을 위해 월명암, 아들을 위해 등운암登雲庵을 지어 일생을 보냈다는 얘기다.

성지 오대산을 가지는 못했지만 대신 변산을 부처의 정토淨土로 만들고자 온 식구가 서원, 출가하여 살았는지도 모를 일이다.

오늘의 월명암은 깊은 산중의 고즈넉한 산가山家 같은 모습이다. 한국전쟁 같은 역사의 풍랑이 얼마나 드셌는지를 보여 주고 있다. 그러나

부설선사가 서기 691년에 창건한, 1천3백여 년의 세월이 묻어 있는 월명암

누구라도 암자 터가 범상치 않음을 금세 느낄 수 있다. 월명암에서 맞이하는 일출도 일출이지만 낙조대에서 바라보는 일몰의 풍경이야말로 서해 제일의 장관이라고, 한 젊은 길손이 자랑한다.

한낮의 풍경은 나그네를 솔솔 역사의 회랑回廊으로 이끈다. 불어오는 솔바람 소리에 귀를 맡겨 두어 보라. 저 소나무들의 할아버지, 그 조상님 소나무들이 그때의 사연을 들려준다.

예부터 바닷바람으로 몸을 다진 변산의 소나무는 고려 문신 이규보李奎報가 벌목사로 내려와 머물면서 궁중 재목을 찾아 벌목했을 만큼 우람하고 재질이 빼어났다고 전해진다. 고려의 전 시대에 살았던 백제의 불모佛母들이 변산의 소나무로 불상을 만들었을지도 모른다. 백제인이 조각했다는 일본 국보 제1호인 미륵반가사유상도 이곳 암자 부근의 소나무인지 모르는 것이다.

또한 암자의 문지방에 손을 가만히 얹어 보라. 솔바람은 조선 선조 때의 진묵震默 스님 이야기도 두런두런 이야기해 주리라. 임진왜란 때 서산대사가 현실 참여파의 거두였다면 진묵 스님은 순수파의 보루였던 선사. 그가 월명암에 머물 때의 일이었다. 한 젊은 스님이 재齋를 지내러 이렇게 말하며 마을로 내려갔다.

"공양물이 여기 있으니 때가 되거든 드시지요, 큰스님."

그때 진묵 스님은 암자에서 한 손을 문지방에 얹은 채 미륵반가사유상처럼 미소지으며 《능엄경》을 읽고 있었다. 그런데 그 젊은 스님이 마을에서 하룻밤을 묵고 돌아온 뒤에도 진묵 스님의 모습은 그대로였다.

더구나 바람에 문이 흔들려 손가락이 짓쳐 깨져 피가 흐르는데도 여전히 책을 읽으며 미소짓고 있었다.

시자인 젊은 스님이 독서삼매에 빠져 있는 진묵 스님을 부르자 그제야 "너는 왜 마을의 재를 지내지 않고 벌써 왔느냐"라고 말했다.

사유하며 미소짓는 미륵반가사유상을 보고, '이만큼 인간 실존의 참답고 평화로운 모습의 예술품을 본 적이 없다'고 독일의 철학자인 칼 야스퍼스가 말했다던가. 월명암의 낙락장송 앞에서 나그네는 독서삼매에 빠진 진묵 스님을 그리워해 본다.

부안에서 지서리를 지나 남여치에 도착하면 월명암이란 팻말이 보인다. 그런데 등산로를 표시한 안내판이 보이는 지점에서 조심해야 한다. 두 길이 나 있는데, 오른쪽의 편한 큰길을 택하지 말고 우리 인생길이 그러하듯 가파른 오솔길로 가야 암자에 이른다.
월명암 063-582-7890

금생에 마신 최고의 차 맛

능가산 청련암

청련암은 내소사 경내를 거쳐야 다다를 수 있는 암자이다. 그러니 암자의 풍광을 보기 전에 먼저 내소사의 전나무 숲길을 걸을 수밖에 없고, 대웅보전의 설화 얘기를 듣지 않을 수 없다.

전나무의 수령이 사람에 따라 50여 년이 됐다고도 하고, 1백 년이 넘었다고도 주장하지만 나무는 자신의 나이를 헤아리지 않고 서 있다. 말없이 서서 무심히 솔 향기를 전하고 있다.

대웅보전의 설화도 그저 재미있는 동화의 세계 너머 무언가를 깨닫게 해주는 얘기다. 간절한 마음으로 원을 세워 수행하라는 전언이 담겨있다. 대웅전을 중수할 때 호랑이가 도편수로 화현하여 지어 주었다는 얘기나, 법당 안의 그림을 관세음보살이 화공으로 몸을 바꾸었다가 다시 새로 변해 그려 주었다는 얘기가 그것이다.

내소사에 오랫동안 머문 진원眞源 스님의 차를 한잔 마시고 나그네는

산국 향기가 햇살처럼 가득한 청련암

통나무를 직접 깎아 만든 잔대와 찻잔

바로 청련암으로 가는 산길을 오른다. 암자는 큰절에서 멀지 않다. 댓잎들이 서걱이는 소리를 듣고 난 뒤, 이마에 땀방울이 솟을 무렵에야 암자의 감나무가 나타난다.

암주는 장을 보러 갔는지 산국山菊의 향기가 먼저 나그네를 반긴다. 뿐만 아니라 빨랫줄에 널어진 승복도, 능가산의 단풍도, 암자 왼편 산허리에서 익을 대로 익은 호박들도, 거기서 보이는 서해 바다의 한 자락도 암주를 대신해서 나그네를 맞이하고 있다.

해우소解憂所는 간소하기 짝이 없는데, 그냥 배설을 해결하고자 설치한 것만은 아닌 것 같다. 구덩이 위에 발을 딛는 나무만 설치되어 있는, 적어도 우리나라 암자의 해우소 중에서는 가장 작고 원시적이다.

나그네는 볼일과 상관없이 거기에 올라앉아 본다. 그랬더니 예상했던 대로 청련암의 비밀 하나를 발견한 느낌이다. 능가산의 풍광이 암자 마루에서 보는 것과 비교되지 않을 만큼 아름답게 보이는 것이다.

볼 것을 다 보고 석간수나 한 모금 더하고 내려가려고 할 무렵에 암주스님이 올라오고 있다. 암자에 올라온 목적을 밝히자, 다 보았을 터인데 무얼 더 보탤 말이 있겠느냐는 눈치이다. 그러더니 나그네를 방으로 불러들인다. 차 한잔 속에 할 말이 다 들어 있다는 스님의 표정이다.

"암자에 뭐 볼 것 있나요. 겨울에 설경이 볼 만할 뿐이지요. 이곳 분들 얘기도 눈은 쉬어 가고 비는 비껴 가는 곳이 부안 땅이라고 합니다. 폭설도 따뜻한 곳이라서 이삼 일이면 다 녹아 버리지만요."

오룡차의 맛도 맛이지만 다탁이나 잔대가 더 눈길을 끈다. 단단한 미

송이지만 조각칼을 부러뜨리면서까지 스님이 직접 깎은 것이란다. 잔대 한 개를 깎는 데 3일이 꼬박 걸렸다고 한다. 못을 치지 않고 투각透刻한 다탁은 얼마나 걸렸을까. 거기에 스님의 무심삼매가 스며 있을 것을 생각하니 나그네는 금생에 최고의 차를 마신 기분이다.

내소사 산내 암자로서 큰절 뒷문에서 도보로 20분 정도 걸린다. 가파른 길이지만 잘 닦여져 있어 별 어려움은 없다.
청련암 063-584-7719

개도 목에 염주를 걸고 있네

능가산 지장암

    내소사 경내에 지장암이 있다는 것을 아는 사람은 그리 많지 않다. 이정표 없는 지장암을 찾아가 인자하게 생긴 관음봉이나, 호기를 주는 사자바위를 바라보는 것도 조촐한 정복淨福이리라.

    암자 입구에 선 단풍나무를 보니 가을이 더욱 깊어 가고 있는 중이다. 가을 햇살을 받은 단풍잎들이 법당의 단청처럼 원색의 깊은 색조를 보여 주고 있다. 지장암은 선방인 서래선림西來禪林과 나한전, 그리고 요사채, 정랑 하나가 가람의 전부이다. 암자의 가족으로는 비구니스님들과 강보리와 꿀보리라는 이름을 가진 두 마리의 개도 포함되고. 거기에다 하나를 더 끼워 준다면 장독대 옆에 선 후박나무라고나 할까. 지나가는 바람에 낙엽을 떨구는 후박나무는 수척한 모습으로 명상에 잠겨 있다.

    "내소사 스님들 사이에, 청련암에는 시인이 살기 좋고 지장암에는 철인哲人이 살기 좋다는 말이 전해지고 있지요."

일지逸智 스님의 설명이다. 내소사 하면 선승이자 학승인 해안海眼 스님을 빼놓고 얘기할 수 없는데, 해안 스님의 속가 넷째 딸이 바로 일지 스님이다. 스님이 지장암에서 수행하고 있는 것은 견성한 해안 스님이 보림을 위해 머문 곳이 바로 지장암이란 인연 때문이다. 불가의 보림이란 깨친 경지를 가지고 자재하게 수행하는 것을 말하는데, 해안 스님은 지장암에서 서래선림을 연 뒤, 참선도 하고 선시도 지어 제자들을 지도했다고 한다. 해안 스님의 시 한 수를 보니 스님의 경지가 간접적으로나마 다가온다.

맑은 새벽에 외로이 앉아 향香을 사르고
산창山窓으로 스며드는 솔바람을 듣는 사람이라면
구태여 불경을 아니 외워도 좋다.
[⋯⋯]
구름을 찾아가다가 바랑을 베개 하고
바위에 한가이 잠든 스님을 보거든
아예 도道라는 속된 말을 묻지 않아도 좋다.

법당 뜨락에는 서리를 맞은 장미꽃과 달리아꽃이 조금씩 시들어 가고 있다. 어쩔 수 없이 고운 꽃에도 가을의 음영이 드리워지고 있는 것이다. 다만, 굴렁쇠를 보면 굴리고 싶어지듯 입에 넣고 꽉 물어 주고픈

해안 스님의 시심(詩心)이 어린 가을 산에 둘러싸인 지장암 서래선원

꽈리나, 주렁주렁 감이 열린 감나무는 가을을 타지 않고 있다.

　"큰스님이 계셨던 곳이라서 그런지 지장암을 찾은 신도 분들 얘기는 마음이 편해지는 도량이라고 해요."

　지장암에는 마음을 편하게 해주는 것들만 모여 있다. 서래선원 지붕 너머의 관음봉은 관세음보살님처럼 미소를 짓고 있는 듯하고, 스님이 내주는 솔차는 익은 술처럼 향기롭고, 뜨락에 누운 강보리나 꿀보리의 모습에서는 '개팔자가 상팔자' 라는 속담이 떠오른다.

　그냥 편안하게 쉬었다 가는 지장암이다. 암자를 나서려는데, 강보리가 스님과 함께 따라 나온다. 염주란 불자의 목에만 거는 물건인 줄 알았는데, 강보리도 목에 걸고 있다. 개한테도 불성佛性이 있다고 하니까 이상하게 볼 일만은 아닌 것 같다.

암자는 내소사 일주문을 들어서 왼편으로 난 길 끝에 있다. 주지스님 얘기로는 1년 중 겨울철 설경이 가장 좋다고 하니 때를 맞춰 가는 것도 도움이 될 듯싶다.
내소사 종무소 063-583-7281

상사초로 환생한 동학도의 혼

도솔산 도솔암

선운사를 거쳐 도솔산 도솔암을 가는데, 마치 인간 세상에서 하늘로 오르는 기분이다. 사람이 입을 다물면 자연이 입을 연다는 금언이 있다. 호젓한 산길을 따라 계속 오르자, 단풍의 화염火焰으로 발갛게 홍조를 띤 나무들이 '어서 오십시오, 이곳은 도솔산입니다' 라고 입을 열어 말하는 것 같다.

백제 위덕왕 24년(577)에 검단黔丹 스님이 시창했다고 하는 도솔암은 지장기도처로 유명하다. 서울과 부산에서 왔다는 신도들이 법당 밖에까지 나와 기도하고 있고, 요사에서는 젊은 스님이 강사로 나서 목청을 돋우고 있다.

나그네는 자연의 무정無情 설법에 귀를 맡긴 채, 나한전을 지나 거대한 암벽에 새겨진 석가마애불 앞에 서본다. 최근에야 보물 제1,200호로 지정된 동학도의 비원이 서린 마애불이다. 동학도들 앞에서 동도대장東

전국 제일의 지장 기도처인 도솔암의 지장보궁

동학대장 전봉준의 비원이 서린 보물 제1200호 석가마애불

徒大將인 전봉준全琫準과 그를 보좌한 총관령總管領 김개남金開南, 손화중 孫和中이 술잔을 높이 들어 서로 맹약을 했던 곳이라고 한다. 그들은 일 종의 비밀문서인 그 맹약문을 마애불의 가슴에 복장했다고 하는데, 지 금은 어디론가 사라져 버리고 복장한 부분을 사각형으로 땜질한 회칠 만 보인다.

지장보궁 문을 지나 108돌계단을 오르니 '지장보살'을 외는 염불 소 리가 들리고 도솔천 내원궁이 드러난다. 내원궁은 도솔암 중에서 가장 성스러운 곳으로 보물 제280호인 지장보살이 봉안된 성소이다.

도솔천이란 칠보로 단장한 외원, 내원궁이 있고, 미륵보살이 천인天 人들과 함께 살고 있는 욕계欲界의 여섯 하늘 중에 네 번째 하늘이라고 한다. 나그네는 불가에서 말하는 이상향인 도솔천에 와 있다는 느낌이 다. 오는 길에 보았던 선운사는 외원궁쯤 될 것 같고, 좀 전에 본 마애 불이 도솔천의 미륵보살님이 아닐까 하고 짐작을 해본다.

도솔천이라서 그런지 부근의 가까운 산봉우리도 하늘과 연관된 이름 이다. 천마봉天馬峰이 그것인데, 글자 그대로 '하늘의 말馬'이 머리를 치 켜들고 갈기를 휘날리며 달리는 모습이다.

"이곳은 동학의 성지입니다. 도솔계곡에 자생하는 상사초들은 이름 없는 동학도들의 영혼일 거고요. 저 위 낙조대에서 칠산바다의 핏빛 황 혼을 보면 그런 생각이 들지요."

한 스님의 말이다. 스님에게 꽃과 잎이 다른 계절에 피고 지어 영원 히 만나지 못한다는 상사초 얘기를 들으니 한恨이 실감난다. 이 천연

요새 같은 도솔계곡에서 관군에게 포위되어 수많은 농민들이 희생됐다고 하니 말이다. 동학의 고혼들이 이 도솔암 부근에 상사초로 환생한 것도 이 암자의 지장보살 원력일까. 나그네의 눈에는 상사초의 푸른 이파리가 그들이 품은 비원의 색깔 같아 안쓰럽기만 하다.

선운사 매표소에서 4킬로미터쯤 되는 거리인데 걸어서 한 시간 정도 걸린다. 승용차로 암자 입구까지 갈 수 있다. 30분 더 걸어서 천마봉을 오르면 암자의 전경을 조망할 수 있다.
도솔암 063-564-2861

충청남북도

둥근 바리때에 허공을 담고

나무들은 해풍에 견디는 법을 스스로 터득하여
살아남아 있음이다. 나무가 가르쳐 주는 지혜는 이렇다.
'모진 비바람에 꺾이지 않으려면 키를 낮추고,
허리를 튼튼하게 하라.'
암자를 떠날 때는 솔밭을 이용해 보니
솔숲 사이로 보이는 풍광이 더욱 아늑해진다.
멀리 안면도가 보이고
석양빛을 받는 바다가 그대로 은빛이다.
- 본문 중에서

아내와 자식을 사랑하듯

속리산 탈골암

암자명이 좀 으스스한 탈골암脫骨庵은 법주사 오른편 계곡 위에 있는 암자이다. 낙엽이 지고 난 늦가을답게 흐르는 물소리가 차갑다. 숲은 휑하니 비어지고 비로소 산죽의 푸르름이 드러나는 시절이라고나 할까. 발에 밟히는 낙엽 냄새도 며칠 후에는 서서히 사라지고 말겠지.

탈골암의 초창初創 연대는 정확하지가 않다. 다만 신라시대 것으로 보이는 연화대석蓮花臺石과 주춧돌들이 남아 있고,《삼국유사》에 탈골암의 설화가 수록된 것으로 보아 암자의 역사를 추측할 수 있을 뿐이다.

《삼국유사》에 나오는 암자 이름의 유래는 이러하다. 신라의 탈해왕脫解王 때 경주 김씨의 시조인 알지閼智가 닭의 머리를 한 자신의 용모를 한탄하던 중이었다고 한다. 그때 속리산의 한 암자에 만병통치의 약수가 있다는 말을 듣고 달려와 물을 마셨는데, 그 순간 닭의 머리가 사라지고 사람의 머리로 바뀌었다고 해서 그 암자를 탈골암이라고 불렀다

물을 마시는 순간 닭 머리가 사람 머리로 바뀌었다는 속리산 탈골암

는 기록이 보인다.

마침, 점심 공양 시간이 되어 한 비구니스님의 안내를 받아 식당으로 내려가 본다. 초면인데도 공양을 권유하는 것을 보니 암자의 인심치고 후한 편이다. 식탁에 차려진 음식이 아주 정갈하다. 어떤 큰절의 공양 각은 마치 저잣거리의 '역전식당' 같고, 음식은 짐승이나 먹는 사료 같은 느낌이 들어 수행을 하느라고 먹는 것에 소홀한가 보다 하고 자위하고 마는데, 탈골암의 음식에는 정성이 가득 들어 있다.

내놓은 음식을 보면 그 절 스님들의 수행이 어떤지를 알 수 있지 않을까. 풋풋한 배추 속잎과 잘 절여진 깻잎, 그리고 바르게 썬 무와 깊은 맛의 된장국 등을 보니 그런 생각이 든다. 절밥은 돌아서면 꺼진다고 자꾸 더 먹으라고 권하는 한 노스님을 뵈니 보살행이 무언지 절로 가슴에 와 닿는다.

"아내를 사랑하듯, 자식을 사랑하듯 사람들을 믿어 보세요. 그러면 믿는 만큼 자기한테 사랑이 되돌아오니까요."

암자 불사를 하는데 누구에게도 일부러 부탁해 본 적이 없었다고 한다. 그냥 기도를 하거나 사람들이 찾아오면 인연대로 쉬다 가게 했을 뿐인데, 자연스럽게 불사가 이루어지더라는 노스님의 고백이다.

"몇십 년 전에는 암자가 쓰러져 가고 있었지요. 그때는 대처승이 살았는데 쇠똥과 잡초 무더기뿐이었어요. 지금까지 쇠똥 치우고 잡초 뽑는 일밖에 달리 한 일이 없어요. 젊은 스님들이 흙 져 나르고 리어카 끄는 힘든 일들을 다 했지요."

부처님 믿는 사람은 공밥을 먹어서는 안 된다는 노스님의 얘기에 비로소 수행의 의미가 되새겨진다. 몇십 년 동안 이 늙은이는 쇠똥 치우고 잡초라도 뽑으며 밥을 먹었는데 당신은 공양만 먹고 말 거냐는 화두 같은 얘기다.

그렇다. 닭 머리가 사람 머리로 바뀌는 것도 탈골이요, 쇠똥 치우고 잡초 뽑아 새로워진 암자도 탈골이요, 말로만 법문을 하는 게 아니라 보살행을 보이는 게 탈골이 아닐까.

문장대 가는 길가의 첫 이정표 지점에서 북쪽으로 8백 미터쯤에 있다. 매표소에서 도보로 한 시간 정도 걸린다.
탈골암 043-543-4780

한글 창제의 공을 숨긴 스님
속리산 복천암

　왕들도 머리가 무거울 때는 암자를 찾아가 스님의 법문을 들었던 모양이다. 신라 성덕왕 19년(720)에 진정眞靜 스님이 시창했다는 복천암福泉庵도 왕들의 발길이 잦았던 곳 중의 하나이다. 왕이라 해서 어찌 괴로움이 없을 것인가. 그들도 역시 번민하는 한 중생인 것이다.

　고려시대 공민왕도 나그네가 걷고 있는 이 산길을 지나 복천암에 다다랐으리라. 그도 역시 암자에 머물면서 스님의 법문을 듣고 마음의 평정을 되찾지 않았을까. 그가 쓴 무량수無量壽란 글씨를 보면 그때의 마음을 대충 짐작할 수 있다. 붓자국은 거칠거나 각박하지 않고 부드럽고 넉넉하다.

　조선시대 세종은 정사를 돌보느라 너무 바빴던지 암자의 신미信眉대사를 한양의 궁으로 불러들여 법문을 듣고, 한글 창제 작업을 하던 집현전 학자들에게 범어梵語의 자음과 모음 체계를 설명케 했다고 전해진

294

복천암의 선방으로 가는 일주문

고려의 공민왕과 조선의 세조가 들러 약수를 마시곤 했던 복천암

다. 복천암 사적비事蹟碑에 의하면 그런 신미대사의 숨은 공로가 있어 한글이 반포된 후 세종은 복천암에 미타삼존상彌陀三尊像을 조성, 봉안케 하였으며, 이어 문종은 혜각존자慧覺尊者라는 익호를 내렸던 것이고.

  암자에 들어서자마자 나그네는 복천선원福泉禪院 옆에 있는 석간수에 목을 축인다. 세조가 마시고 감탄을 했다는 석간수인데, 수각은 육영수 여사의 어머니인 이경령 보살이 박정희 전 대통령에게 시주금을 받아 시주한 것이라고 한다. 암자에 있는 다섯 개의 석등과 수각에 각각 이경령이라고 음각된 것을 보니 사실이다.

  한 스님의 안내로 암자에서 2백 미터쯤 떨어져 있는 신미대사와 학조學祖대사의 부도를 참배하고 난 후, 다시 돌아와 녹차를 마시고 있는데 그제야 암자의 선원장인 월성月性 스님이 미소로 반긴다. 스님은 한글 창제 과정의 숨겨진 얘기부터 끄집어낸다.

  "한글 창제의 공이 이제까지는 집현전 학자들에게만 있는 것처럼 역사책에 씌어져 있는데, 신미대사의 공도 인정해야 합니다. 또한 정이품송은 세조가 복천암에 계시던 신미대사를 만나러 오다가 생긴 일화지요. 세조는 젊은 시절부터 집현전을 드나드는 스님을 신경信敬했지요. 아버지인 세종 때 집현전 유학자들을 상대로 범어를 강의하는 신미대사를 직접 보았으니 존경하지 않을 수 있겠어요? 그래 심신이 괴롭고 지치자 마음의 위안을 얻으려고 신미대사를 찾았던 것이지요."

  월성 스님의 얘기인즉 세조는 복천암에 와서 심병心病을 씻고, 신미대사의 청에 의해 다시 오대산 상원사에 가서 문수동자文殊童子를 만나고 난 뒤 피고름이 나는 몸의 병이 나았다는 것이다. 간경도감을 설치하여 불경들을 한글화한 것도 신미대사의 영향이 결정적이었을 것이라는 스님의 설명이다.

해가 떨어지니 마음이 급해진다. 더 듣고 싶지만 법주사 주지스님을 만나 뵙고 하산하고 싶어지는 것이다. 전화로 미리 가겠다고 연락을 해두었기 때문이다. 서둘러 내려가니 주지스님이 기다리고 계신다.

"나는 참배객들에게 표정이 서로 다른 팔상전의 오백 부처님을 보고서 당신은 어떤 부처님하고 닮았는지를 찾아보라고 하지요. 그러면 아이들은 찾는데 어른들은 못 찾겠다고 그래요. 하하하."

어느새 날은 북고와 이어 범종, 그리고 목어와 운판을 두드리는 소리에 어두워지고 있다. 낮엔 등산객들로 떠들썩했는데 비로소 나그네는 세속을 여읜 적막강산의 속리俗離에 잠긴다.

문장대 가는 길에 있는데, 법주사 매표소에서 한 시간 정도 걸으면 암자에 이른다.
복천암 043-543-4774

비바람에 꺾이지 않으려면

간월도 간월암

간월도는 원래 섬이었는데 이제는 간척지가 연결되어 승용차로 드나들 수 있는 곳이다. 간척지 가장자리의 직선 도로를 한참 달리다 보면, 그 끝에 '간월도 어리굴젓 기념탑'이 나타나고 바로 지척에 간월암看月庵이 다가온다.

어리굴젓을 파는 가게나 횟집들이 섬 가에 들어서 있지만 나그네는 경허의 제자였던 만공선사滿空禪師가 수행을 한 간월암을 먼저 찾는다. 마침 썰물 때여서 솔밭으로 난 길로 들어서지 않고 해변 갯바위 위로 가도 되기 때문이다.

해변의 갯벌 위에는 고깃배들이 만선滿船을 꿈꾸며 잠들어 있다. 간월암도 지공指空, 무학無學, 만공 등의 고승들이 다시 출현하기를 꿈꾸는 것도 같고.

암자도 무한의 시공 속에서 윤회를 하는가 보다. 백제 때는 피안사彼

무학대사가 달을 보고 깨달았다고 해서 이름 붙여진 서해 바닷물이 드나드는 간월암

岸寺였다가, 이태조의 왕사였던 무학대사가 달을 보고 오도悟道했다 하여 간월암으로 바뀌었으며, 조선조에 들어와서는 배불拜佛의 화를 입어 암자가 헐리고 그 자리에 묘가 들어서는 운명이 됐으니 말이다.

만공은 무슨 생각이 들어 말년에 병든 몸을 이끌고 간월암을 복원하고 중창하였을까. 서해의 낙조나 바라보며 자족하는 여생을 보내려고 그랬을 것이라고 말하는 사람도 있다. 그러나 나그네는 생각이 다르다. 일제 강점기에 미나미南次郎 총독의 입을 얼어붙게 하여 망언을 못하게 한 만공이 아닌가. 당시 총독부 회의실에 모인 전국 31본산 주지들 중 그 누구도 조선 불교와 일본 불교를 합병하자는 미나미의 궤변에 단 한마디도 항의를 못하고 있었던 것이다.

만공이 간월암을 복원한 데에는 조선 불교의 수호 의지가 담겨 있는 것은 아닐까. 총독부가 각종 사찰령을 제정함으로써 조선 불교 진흥에 큰 공을 이루었다고 장광설을 늘어놓는 미나미에게 만공은 이렇게 사자후를 터뜨린다.

"전 총독 데라우치는 조선 승려로 하여금 일본 승려를 본받아 아내를 얻게 하고 고기에 술까지 먹도록 함으로써 온 우리 승려들을 파계시킨 장본인이오. 이같이 큰 죄를 지은 데라우치는 무간아비지옥에 떨어져 큰 고통을 받고 있을 것이오."

암자는 비바람을 막기 위해 식물원의 온실처럼 유리로 둘러쳐져 있다. 바람막이 유리창은 왠지 암자와 어울리지 않는다. 암자의 키를 낮추거나 돌담을 높이면 되련만. 수령이 1백 년도 넘는 암자 옆의 사철나무나 팽나무에게 지혜를 구했으면 좋겠다. 나무들은 해풍에 견디는 법을 스스로 터득하여 살아남아 있음이다. 나무가 가르쳐 주는 지혜는 이렇다.

'모진 비바람에 꺾이지 않으려면 키를 낮추고, 허리를 튼튼하게 하라.'

암자를 떠날 때는 솔밭을 이용해 보니 솔숲 사이로 보이는 풍광이 더욱 아늑해진다. 멀리 안면도가 보이고 석양빛을 받는 바다가 그대로 은빛이다. 잔설이 덮인 밭에는 재래종 동백 묘목이 커가고 있고. 이 묘목장이 바로 늙은 만공 스님과 젊은 성철 스님이 뙤약볕 아래서 김매기를 하며 법거량을 했다는 장소이다. 성불이란 목표를 향해 간절하게 수행한 현장이 아닐 수 없다.

서산 갈산면 소재지에서 간월도까지는 승용차로 20여 분 걸린다. 암자는 바닷물이 드나드는 곳에 있으므로 썰물 때를 이용해야 걸어갈 수 있다.
간월암 041-664-6624

사람들의 훈기가 도는 설경

연암산 천장암

제비 날개 모습인 연암산燕巖山에 이르자 다시 눈발이 흩날린다. 비탈길을 산행하려고 하니 나그네는 걱정이 앞선다. 며칠째 사람의 발길이 끊긴 것 같다. 눈 쌓인 길 위에 사람의 발자국 하나 보이지 않는다. 나그네는 눈에 갇혀 있을 암자를 향해 엉금엉금 발자국을 찍는다.

백제 무왕 33년(633)에 담화曇和선사가 창건했다는 천장암天蔣菴이다. 그런데 실제로 암자의 역사는 전해지는 것이 별로 없고, 조선 말의 선승 경허鏡虛 스님의 일화만이 암자의 곳곳에 서려 있다.

나그네는 몇 년 전 여름에 경허 스님이 묵었다는 골방과 좌선을 했다는 암자 왼편의 제비바위를 본 적이 있다. 경허 스님의 세 제자인 수월水月과 혜월慧月, 월면(月面: 滿空) 스님이 묵었던 이곳저곳을 기웃거렸던 것이다. 소설 《길 없는 길》에서 저자 최인호 씨는 그들을 '세 개의 달'로 묘사한 바 있는데, 사실 수월 스님은 북쪽에서, 월면 스님은 중부에

304

법당 부처님께 마지 공양을 하기 위해 눈 계단을 딛는 스님

경허 스님의 오도가悟道歌가 지금도 들리는 눈 속의 천장암

서, 혜월 스님은 남쪽에서 '자비의 달'이 되었다고 전해진다. 특히 수월은 이름을 숨긴 채 백두산 부근의 고갯마루에다 오막살이를 짓고서 살았는데, 오가는 길손들에게 주먹밥을 먹여 주고 짚신을 만들어 신겨 주며 생을 마쳤다고 한다.

눈길에 몇 번 헛발질하며 고개를 올라서자 성긴 눈발 저편에 암자가 보인다. 경허 스님이 거기 있기라도 한 듯 반갑고 가슴이 설렌다. 당시 경허 스님은 계룡산 동학사에서 초겨울에 견성見性한 뒤, 이듬해 봄이 되어 보림처 삼아 천장암을 찾았다고 한다.

암자는 그대로 선경仙境이다. 법당의 참배를 뒤로 미룰 정도로 나그네는 눈雪이 연출하는 풍경에 도취되고 만다. 붉은 단풍잎에 얹힌 눈꽃의 색채 대비도 절묘하고, 7층돌탑에 쌓인 눈이 솜옷처럼 보이는 것도 그렇다.

나그네의 눈에는 7층돌탑이 누더기를 걸친 경허 스님처럼 다가온다. 경허 스님은 대나무 숲이 가까운 저 골방에서 1년 3개월 동안 돌탑처럼 묵묵히 앉아 장좌불와를 했다고 한다. 그사이 단 한 발짝도 밖을 나선 적이 없는 스님의 몸과 머리에는 눈이 내린 것처럼 이가 들끓었던 것이고. 마침내 경허 스님은 문을 박차고 일어나 이가 들끓던 누더기를 벗은 채 방 안에 있던 주장자를 밖으로 던져 버린다.

어느 날 만공 스님은 방 안에 누워 있는 경허 스님을 보고 깜짝 놀란다. 스승의 배 위에 독사 한 마리가 스르르 움직이고 있는 것이었다.

"스님, 배 위에 독사가 있습니다."

그러자 경허 스님은 놀라지도, 쫓지도 않고 이렇게 말한다.

"내버려두어라. 실컷 배 위에서 놀다 가도록 내버려두어라."

바로 그 방 입구에는 밀짚모자가 하나 걸려 있다. 산언덕에서는 스님들이 눈발 속에서도 쇠스랑을 들고 일하고 있으며, 공양주 노보살은 나그네 일행을 위해 콩을 넣어 밥을 짓고 있고⋯⋯. 가늘게 그린 공양주 노보살의 눈썹이 초승달처럼 곱다.

서산시 고북면 소재지에서 5킬로미터의 거리에 있으며 암자 입구까지 승용차로 20분 정도 걸린다.
천장암 041-663-2074

경기도

열린 그대에게 가기 위하여

끝없이 이어지는
돌계단을 오르는 맛도 색다르다.
부처는 무정물인 돌 속에도
불성이 있다고 하였다.
얼마나 생명을 사랑하는 극치인가.
그래서 선인들은 돌을 깎고 다듬어
그 속에서 미소짓는 부처를
보려 하였는지도 모른다.
-본문 중에서

사랑도 성불도 이룬 해탈의 자리

소요산 자재암

경기 북부 지방에서 가장 아름다운 산 중의 하나가 소요산이다. 선인들이 소요산을 경기 금강이라 부른 것은 바로 그러한 이유이다. 신라 무열왕 7년(660)에 원효대사가 산 이름을 소요산이라 하고, 암자를 자재암自在庵이라고 명명했다니 왜 그랬는지 짐작이 간다.

당시 원효는 계율이란 낡은 뗏목을 버리고 성속聖俗을 걸림 없이 넘나들던 경지에 있었고, 요석공주와의 풍문이 서라벌 안에 퍼져 있을 때였다. 속인의 눈으로 보면 원효는 틀림없이 파계승이었을 터. 원효는 사람의 그림자조차 보이지 않는 신라의 궁벽한 변방으로 요석공주를 데리고 와 자신의 소요 자재한 심경 그대로 산명을 소요산으로, 암자명을 자재암으로 지었을 것으로 추측된다.

이런 낭만이 자재암에 깃들어 있어서인지 이곳을 거쳐간 수행자 중에 승려 시인들이 많은 것도 눈길을 끈다. 청화靑和, 성일星一, 진관眞觀

○法법이라

不生며 不滅며 不垢며 不淨며 不增며 不減ᄒᆞ니 ○別

謂蘊等이非一일ᄉᆡ故로云諸法이라ᄒᆞ고
顯ᄒᆞᆯᄉᆞ 空

狀ᄒᆞᆯᄉᆡ故로云空相이라ᄒᆞ니라
蘊即五蘊等이니
界及

餘三門故故云空非一ᄒᆞ야○顯中邊下釋經
相狀故云
相字相中邊論

即相狀故云空非一○
釋經二引證

ᄋᆡ云ᄒᆞ디無二와有此無是二ᄅᆞᆯ名空相이라

言無二者ᄂᆞᆫ無能取所取有ㅣ오言有此無者ᄂᆞᆫ

有能取所取無ㅣᄂᆡ是二ㅣ不二ᄅᆞᆯ名為空相이라ᄒᆞ니

無能取所取有ㅣ니
無能取所取無ㅣ라○釋初句ᄒᆞ야引論標文言無能下釋也ㅣ라有此無下謂

보물 제1211호인 반야심경 언해본

스님 등도 자재암에서 시심을 불태웠던 시인이라고 암자의 한 스님이
말한다.

거대한 바위산 협곡 위에 암자가 있으므로 요새처럼 삭막한 느낌도
들지만 아직도 원효대사의 자취가 여기저기 원효대, 요석공주궁지瑤石
公主宮址, 원효폭포 등에 서려 있어 감회가 새롭다.

"협곡이라서 하루 일조량이 세 시간 정도밖에 안 되는 곳입니다. 원
효 스님의 사랑 얘기마저 없었다면 정말 답답할 뻔한 곳이 이 암자지
요. 그러고 보면 불교야말로 사람을 위한 인간학이라는 게 실감납니
다."

미국의 어느 대학에서 인류학을 전공했다는 학승답게 자재암을 이야
기해 주는 한 스님의 설명이다. 자재암에서 또 하나 빼놓을 수 없는 성
보가 있다면 그것은 《반야심경》 언해본이다. 암자에 있는 서책들을 정
리하다가 1994년도에 발견한 것인데, 현재 보물 제1211호로 지정되어
있다. 공신록이 누락되어 있는 규장각의 것과 달리 자재암의 소장본은
낙장 없는 완벽한 언해본이라고 한다.

한글이 만들어진 20년 후, 세조 10년(1464)에 세조가 단 구결口訣을 참
고로 효령대군孝寧大君과 한계희韓繼禧 등이 함께 번역하여 간경도감에
서 《금강경》 언해본과 동시에 발간한 첫 한글 불교경전인 것이다. 반야
심경의 요지는 다 알다시피 온갖 실상이 공空하다는 것을 깨닫게 되면
일체 고통을 면하고 해탈을 이룬다는 것. 마침 법당에서는 '불생불멸不
生不滅 불구부정不垢不淨 부증불감不增不減……' 하고 반야심경을 외는 염

불 소리가 들려오고 있다. 문득 나그네는 인도의 갠지스 강이 떠오른다. 몇 년 전, 갠지스 강가에 섰을 때 '인도인들의 순례지인 이 성스러운 강이야말로 불생불멸이고 불구부정이고 부증불감이구나' 하고 깨달았기 때문이다.

원효대사가 요석공주와 살면서 설총을 키우고 참선했다는 자재암. 관세음보살이 비에 젖은 여인으로 변하여 떨면서, 혹은 폭포 아래서 알몸을 보이며 유혹했지만 평상심을 잃지 않고 원효대사가 성불했다는 자재암. 2월 끝 무렵이지만 바위 협곡을 빠져나가는 바람은 여전히 차갑다. 법당 안의 부처는 인간사를 모두 꿰뚫어 보고 있는지 깊은 미소를 짓고 있고.

의정부 역에서 소요산 역까지 기차와 버스가 있다. 동두천시에서 유일하게 남아 있는 전통 암자이다. 소요산 입구에서 자재암 일주문까지는 걸어서 30분 정도 걸린다.
자재암 031-865-4045

쌍무지개 내뿜는 미륵불

수락산 내원암

수락산 水落山은 빗방울을 흘러내려 버리는 바위산이다. 그래서인지 물줄기는 일찍 동면에 들어간 듯 보이지 않는다. 내원암 內院庵 가는 길의 옥류폭포, 은류폭포, 금류폭포 등도 모두 잠들어 있다.

그렇다고 암자 가는 길이 뻑뻑하지만은 않다. 끝없이 이어지는 돌계단을 오르는 맛도 색다르다. 부처는 무정물인 돌 속에도 불성이 있다고 하였다. 얼마나 생명을 사랑하는 극치인가. 그래서 선인들은 돌을 깎고 다듬어 그 속에서 미소짓는 부처를 보려 하였는지도 모른다.

이제 금류폭포 옆의 228개의 돌계단만 오르면 내원암이다. 풍경 소리가 뎅그렁뎅그렁 들려오고 있다. 마침 천도재의 염불 소리까지 돌계단에 흩뿌려지고 있다. 천도재란 죽은 자를 극락왕생케 하고, 산 자의 죄업을 씻어 주는 불교의식.

젊은 비구니스님한테 물어보니 염불 시간이 벌써 두 시간이나 지났다고 한다. 염불 소리가 작아지고 망자亡者가 저승으로 입고 갈 옷가지와 신고 갈 짚신들이 불에 태워지는 것을 보니 마지막 순서인 것 같다. 망자를 떠나 보내는 가족들의 표정은 곡진히 염불하는 재문載文 노스님보다 더 담담하기만 하다.

내원암은 비구니스님들이 사는 암자로서 역사가 깊다. 사라진 사료를 의지하지 않더라도 홀연히 흙 속에서 드러난 미륵불이나 돌로 된 수조水槽 등을 감안해 볼 때 적어도 몇백 년은 족히 넘을 것이라고 짐작이 된다. 그러나 현재의 건물들은 한국전쟁 이후에 복원된 가람들이어서 창연한 맛이 덜한 게 아쉽다.

다만 수락산의 바위를 깎아 만든 조선시대 것으로 추정되는 미륵불이나 수조, 탑만은 예외이다. 특히 미륵불은 영험이 많다 하여 기도하는 신도들에게 가장 절을 많이 받을 만큼 인기가 있다. 암자 옆 응달에서 누워 있다가 지금의 칠성바위 아래 양달로 옮겨진 미륵불에 대한 재문 노스님의 얘기는 동화 같다.

봄날 산속을 헤매고 있는데 칠성바위 밑의 진달래 꽃무더기가 눈에 띄었다고 한다. 그래서 미륵불을 바로 그 자리로 옮겼던 것인데 어느 날 밤 꿈속에서 비로소 응답을 하더란다.

"미륵부처님 두 눈에서 부드러운 빛이 뿜어져 나오고 있었지요. 말하자면 쌍무지개였지요."

7년째 아침마다 미륵불에게 기도를 하고 있다는 노스님의 눈이 선하고 맑기만 하다. 스님의 두 눈에서도 금세 무지개가 쏟아져 나올 것만

옥류폭포, 은류폭포, 금류폭포 위에 자리 잡고 있는 내원암

스님의 꿈속에서 쌍무지개를 뿜어냈던 미륵불

같다. 문득 나그네의 옷깃에도 진달래꽃 향기가 밴 듯 이런 선시가 떠
오른다.

지팡이 끌고 이슥한 길을 따라
홀로 배회하며 봄을 즐긴다.
돌아올 때 꽃 향기 옷깃에 스며
나비가 너울너울 사람을 따라온다.

남양주시 별내면 수락산유원지 입구에서 도보로는 약 한 시간. 승용차로 도로 끝인 청학상가까지 갈 경우
에는 30분 정도 걸린다. 돌계단을 오르기가 좀 빽빽하지만 원경의 바위들을 감상하며 오르면 힘이 덜 든다.
내원암 031-841-8795

세상에 공짜는 없다

관악산 연주암

서울에서 마음만 먹으면 언제든지 가볼 수 있는 암자가 연주암戀主庵이다. 관악산 정상 아래에 있는데, 과천향교果川鄕校 쪽으로 가는 게 돌계단 등이 잘 놓여져 있어 힘이 덜 든다. 토요일 오전이어서인지 등산객보다는 신도로 보이는 사람들이 더 많이 산길을 오르고 있다.

응달 산길은 아직도 얼어붙어 있어 설치된 로프가 고맙기만 하다. 걷는 데는 거북처럼 느린 할머니 신도들이 더 지혜로운 것 같다. 넘어지는 사람들도 가끔 보이는데, 대부분 젊은이들이다.

신라 문무왕 17년(677)에 의상대사가 창건했다는 연주암이다. 암자가 가까워졌는지 염불 소리가 계곡 아래로 메아리쳐 온다. 숨도 차고 해서 찬 바위에 걸터앉아 귀를 기울여 보니 스피커가 토해 내는 녹음된 소리다. 수행 도량이니 조용히 참배해 달라는 안내판이 무색하지 않을까 싶다. 암자 쪽에서 먼저 약속을 지키지 않고 있는 셈이니 말이다. 연등蓮

燈만 한 빈 까치집을 보니 새삼 수행 도량이 어떤 곳이어야 하는지 헤아려진다. 까치뿐만 아니라 눈 푸른 수행승들이 깃들이는 암자야말로 참도량이 아닐까 싶다.

열두시가 넘자, 천수관음전千手觀音殿 1층의 공양각 입구에는 사람들이 길게 줄을 선다. 암자를 찾은 사람이면 누구에게나 점심을 준다고 한다. 오늘의 메뉴는 팥죽. 어느새 줄은 대웅전 앞 효령대군이 조성했다고 하는 3층석탑까지 이어지고 있다.

나그네는 팥죽 한 그릇을 비우고 나서 다시 연주대戀主臺로 향한다. 연주암은 원래 관악사였는데 왕위를 물려받지 못한 태종의 두 왕자, 첫째인 양녕대군과 둘째인 효령대군의 한이 서린 곳이라 하여 이름이 바뀌어졌다고 한다. 암자에 전해지는 얘기인즉 조선조 태종 11년, 태종으로부터 왕위가 셋째 왕자인 충녕대군(세종)에게 넘어가려 하자 양녕대군과 효령대군이 눈물을 머금고 관악산으로 숨어들어 왕궁이 내려다보이는 산정까지 올라 자신들의 한을 달랬다고 한다.

연주대에 오르니 왼쪽으로는 서울이, 오른쪽으로는 과천 시가지가 환히 보인다. 왕궁을 내려다보며 왕위에 오르지 못한 한을 삭였다는 두 왕자의 이야기가 실감나기도 하고. 연주대에 있는 가람의 이름은 나한을 봉안한 응진전應眞殿이다. 나한기도가 조선 태조 이후에 성행하였다는 학설이 있고 보면 응진전의 터는 조선 초기부터 닦여졌을 것 같다.

응진전은 입구부터 기도객들로 발 디딜 틈이 없다. 더욱이 입구 바위에는 의사처럼 하얀 가운을 입은 듯한 약사여래가 있는데 어떤 참배객

왕위가 세종에게 넘어가려 하자 관악산으로 숨어든 양녕대군과 효령대군이 눈물을 뿌렸던 연주암의 응진전

은 벌써 감기 든 환자가 되어 있다. 흐르는 콧물을 닦으며 콜록콜록 기침을 터뜨리며 기도하고 있다. 바위에 동전 1백 원짜리를 붙이고 난 후, 이마를 바위에 대고 기도하는 것도 다른 데서는 볼 수 없는 특이한 풍경이다. 바위에다 동전을 왜 붙이냐고 묻자 한 아주머니 신도가 이렇게 대답한다.

"세상에 공짜는 없지 않습니까? 약사여래부처님께 공짜로 빌기가 미안하니까 동전을 붙인답니다."

그러나 약사여래는 동전을 헤아려 본 적이 없다. 미소를 지으며 기도하는 참배객들의 마음을 어루만져 주고 있다.

가는 길은 과천 쪽이 서울대 쪽의 코스보다 더 편하다. 과천향교에서 연주대까지 한 시간 30분 정도 걸린다.
연주암 02-502-3234

산길 저만치서 오시는 봄

설봉산 영월암

    입춘이 지났지만 날씨는 차갑다. 관고동에 있는 저수지의 물도 아직은 찬 쪽빛이다. 이런 날씨를 가리켜 춘래불사춘春來不似春이라 했던가. 봄은 왔지만 봄 같지 않다는 말이다. 그래도 산길을 둘러보면 동장군의 위세는 간 곳이 없다. 계곡의 얼음 무더기도 봄 햇살에 초라하고, 나무들은 물방울 같은 잎눈들을 하나 둘 셋! 하고 틔울 준비에 바쁘다. 저만치서 오시는 봄이 걸음걸음을 멈추지 않고 있는 것이다.

    흙이 녹으면서 질척하여 산길을 오르는 데 불편하지만 그런들 어떠하랴. 동장군의 기세에 눌려 답답한 겨울을 보냈던 것에 비하면 그저 고마울 뿐이다. 암자를 오르는 한 젊은 보살의 발걸음도 가볍다. 봄 햇살이 좋은지 소프라노의 음성으로 노래를 부르며 올라간다.

탈 대로 다 타시오, 타다 말진 부대 마소,

설봉산을 수호신장처럼 지키는 영월암 전경

타다가 남은 동강은 쓰올 곳이 없느니다.

반 타다 꺼질진대 애저 타지 말으시오.

탈진대 재 그것조차 마저 탐이 옳으니다.

영월암映月庵은 신라 문무왕 때 의상대사가 창건하여, 그때는 북악사 北嶽寺라고 불렸다고 한다. 그런 역사로 보아 지금은 산 이름이 설봉산 으로 불리지만 그때는 북악이라 했음이 틀림없다.

암자는 조선 영조 때 영월映月 낭규대사郎奎大師가 쓰러져 가는 가람을 중창하면서 영월암이라고 개명했다고 한다. 다 아는 사실이지만 암자 란 도반들 없이도 혼자서 자재하게 수행할 수 있는 노승들이 기거하는 공간이다. 영월대사도 말년에 설봉산을 찾아 들어 다 쓰러져 가는 가람 을 추슬러 살았던 분이 아닌가 싶다.

산길을 오르며 들었던 보살의 노래가 새삼 가슴에 와 닿는다. 의상대 사가 암자의 불을 컨 분이라면 몇백 년이 흐른 뒤, 영월대사가 다시 남 은 초 동강에 불을 컨 스님인 셈이니까. 두 분의 중간에 진리의 불을 컨 분이 있다면 고려 말의 나옹대사가 틀림없다. 경내의 수백 년 된 은행 나무를 나옹 스님이 심었다는 설화가 얽혀 있기 때문이다.

공교롭게도 나그네가 찾아간 날, 암자의 스님은 출타 중이고 없다. 법당에 올리는 마지(摩旨: 부처님 밥) 공양을 할머니 신도가 올리고 있다. 나그네는 암자의 터줏대감인 3층석탑 옆에 앉아 누구와 애기할까, 고민 하다가 대웅전 뒷길로 걸음을 뗀다. 먼저 신라 때 작품으로 보이는 석

330

후덕하지만 덕이 헤프지 않고 인자하지만 근엄함을 잃지 않은 보물 제822호의 마애조사상

조광배와 연화대좌가 눈에 띈다. 그 연화대좌에다 최근에 조성되어 반질반질한 돌부처님을 모셨는데, 뭔가 잘 어울리지 않는 분위기이다. 눈에 '보이는 부처'에만 집착할 것이 아니라, 차라리 이끼 낀 고색의 연화대좌 위에 생화生花 몇 송이를 얹어 놓았으면 어떨까 싶은 아쉬움이 남는다. 색즉시공色卽是空이라 했으니 눈에 '보이지 않는 부처'도 부처이니까.

다시 몇 걸음 더 오르니 거대한 마애조사상(보물 제822호)이 서서 기다리고 있다. 큰 귀, 넙적한 코, 큰 입, 두툼한 입술 등이 영락없는 큰스님 상이다. 후덕하지만 덕德이 헤프지 않고, 인자하지만 근엄함을 잃지 않은 풍모이다. 지그시 감은 눈매는 법문을 하기 전 잠깐 사색에 잠긴 듯한 모습이고, 두툼한 입술은 무엇이나 듬쑥듬쑥 맛있게 잘 드실 것 같다. 천연의 바위 끝을 스님의 두상頭上이 되게 하여 아주 자연스럽게, 막 삭발하여 가사 입은 자태를 연출한 당시 석공의 솜씨도 한동안 눈길을 사로잡는다.

요즘은 돈과 예술혼이 비례하는 시대라던가. 최근에 조성된 불상이나 탑을 보면 옛 장인들의 깊은 신심과 청정한 예술혼을 느낄 수 없어 안타깝기만 하다.

이천읍 설봉공원 입구에서 관고저수지를 막 지나면 다리가 나온다. 거기서부터 오른쪽 산길을 따라 시오리쯤의 거리에 있다. 산길 끝에 조그만 주차장이 있고, 거기서 10여 분쯤 걸어 오르면 암자가 나온다.
영월암 031-635-3457